中央宣传部办公厅、国家新闻出版广电总局办公厅
评选“2016 年主题出版重点出版物选题”

白方礼

一个人的爱心长征

徐向林/著

天津出版传媒集团
百花文艺出版社

图书在版编目(CIP)数据

白方礼,一个人的爱心长征 / 徐向林著. -- 天津 :
百花文艺出版社, 2016.11(2023.3 重印)
ISBN 978-7-5306-7118-4

Ⅰ. ①白… Ⅱ. ①徐… Ⅲ. ①白芳礼(1913-2005)
—生平事迹 Ⅳ. ①K828.1

中国版本图书馆 CIP 数据核字(2016)第 269226 号

白方礼,一个人的爱心长征

BAIFANGLI, YIGEREN DE AIXIN CHANGZHENG

徐向林 著

出 版 人:薛印胜
责任编辑:赵 芳
出版发行:百花文艺出版社
地址:天津市和平区西康路 35 号 **邮编**:300051
电话传真:+86-22-23332651(发行部)
+86-22-23332656(总编室)
+86-22-23332478(邮购部)
网址:http://www.baihuawenyi.com
印刷:三河市同力彩印有限公司
开本:787×1092 毫米 1/16
字数:220 千字
印张:14
版次:2016 年 11 月第 1 版
印次:2023 年 3 月第 2 次印刷
定价:48.00元

如有印装质量问题,请与三河市同力彩印有限公司联系调换
地址:河北省三河市黄庄镇赵家庄同力彩印
电话:17710717619

最沉重的负担压得我们崩塌了，沉没了，将我们钉在地上。可是负担越沉，我们的生活也就越贴近大地，越趋近真切和实在！

——米兰·昆德拉

目录

托斯卡纳的一棵树
（代序）

1

每个人的心里都有一个远方,远方是承载梦想的舟楫,远方是点缀春天的花开,远方是荒漠戈壁的驼铃声声。

白方礼的远方在哪儿?他的远方是一轮明月,装饰着别人的窗棂;他的远方是一支蜡烛,烛照着别人的光辉;他的远方是一条永恒的起跑线,钤印着别人向往的远方!

翻开白方礼的人生履历,简洁得不能再简洁,他只是天津海河边上骑了一辈子三轮车的老人。不管是在旧社会还是新社会,三轮车夫无疑是社会最底层的平民,他们通过艰辛的体力付出,所挣到的钱也只能养家糊口。可他,为了支持教育事业,18 年间累计向贫困生捐资 35 万元!

他是一个一辈子都在风里雨里蹬三轮车直到病倒不能站起来的车夫!

他是一个死去时无数人为他送灵为他落泪一生一世都不能忘记的善人！

他是一个辞世多年仍被网友和人们自发地争相传颂久久不能忘怀的好人！

那一年，他本可以回到故里安享晚年，但看到孩子们没钱上学的窘境时，他毅然慷慨捐出了5000元的全部积蓄助学，并且决定用老迈的双脚蹬一辈子的三轮车，挣下来的钱一分不留，全部捐给孩子们读书。

那一年，他74岁。

如果一个人的青年时代是汹涌澎湃的江水，人的中年是惊涛拍岸的浪潮，而一个人的老年则应回归到波澜不惊的源头。但流转的年轮却逆转了白方礼的人生秩序，他的老年似江水、似海潮，满怀激情，一无所求地奉献着。

有人把奉献者比作春蚕，可白方礼不是春蚕，因为春蚕要喂养大量的桑叶方能吐丝；有人把奉献者比作奶牛，可白方礼不是奶牛，因为奶牛要吃大量的饲料方能产下优质牛奶。而白方礼的付出没有任何索求！

他曾经在天津站人流熙攘的道路旁，一个几平方米的地盘上建起一个小小的铁皮亭子，白天蹬车，晚上困了就蜷缩在里面1.5米长的木板上，他一年四季从头到脚穿戴的总是不配套的衣衫鞋帽，都是他从街头或垃圾堆里捡来的。他对这“百家衣”倒是颇为满意。他曾对人说：“我从头到脚、从里到外的穿戴没有一件是花钱买的，今儿捡一样，明儿捡一样，多了就可以配套了。”

他每天在外的午饭总是两个馒头一碗白开水，有时候会往开水里倒一点儿酱油，那已是他的“美味”了。要是馋厉害了，他就在晚上睡觉时往嘴里放上一星肉，含着，慢慢品滋味……

对于社会而言，他不是消费者，而是“废”者，他绝不会占用社会的有用资源，他觉得占用了就是浪费。他把自己的身体看得很贱，只要供应最基本的衣、食，就能对付了。但他把自己的生命看得很重，因为他多活一天，就能多赚一天的钱，就能向贫困学子多提供一天的资助。

即使在他的健康状况每况愈下，再也骑不动三轮车时，他还去车站帮人看车，把挣得的一角两角硬币积攒起来，每满五百元就捐出去。老人还遗憾地说：“我干不动了，以后也许不能再捐了，这是我最后的一笔钱……”

他累计捐款35万元，先后资助了三百多个大学生的学费与生活费。他为学生们送去的每一分钱，都是用自己的双腿一脚高一脚低那么踩出来的，是他每日不分早晚，栉风沐雨，用淌下的一滴滴汗水积攒出来的，来之不易，来之艰辛！

2

> 我是一棵树，生长在山坡上。我的树梢是尖尖的，在总是温暖的绿色的山坡上静穆地指向天空。风从我的树枝里经过，像梳子经过长长的头发。我在夏天的黄昏里像一个墨绿的守望者，将被夕阳拉长的影子投放在生命的驿道上……

每当读到陈丹燕《来世，我愿做托斯卡纳的一棵树》时，总让人有一种热泪盈眶的感觉。而当我开始走近白方礼老人，开始为他写书立传时，我总会把白方礼当作托斯卡纳的一棵树！

扎根在大地的底层，枝叶伸向了云端，风雨中岿然不动，它的品格与白方礼的品格何其相似啊！

曾在中国扶贫基金会工作多年的李利接触了形形色色扶贫济困的义工和友善之士，他归纳总结了义工的五层境界：第一层是帮助别人，快乐自己。这是初为义工最深、最直接的感受，在帮助别人后，看到别人因为获得快乐而自己因此也变得快乐。第二层是身为义工，心是义工。不论身在何处，不管人到哪里，离开了服务场所也处处留芳，为这个社会需要帮助的人们提供帮助，服务社会。第三层是关爱他人，关爱自己。义工是爱的群体，把这种对服务对象的爱转化为对自己的朋友、爱人、同事、家人的爱和关心，让这个世界充满温暖。第四层是发动社会，服务社会。用个人的影响力去让尽可能多的社会成员都来关心服务对象进而关心整个社会。第五层是生命不息，奋斗不已。春蚕到死丝方尽，蜡炬成灰泪始干，做义工，一辈子！

对于白方礼而言，他的义工身份是毋庸置疑的，对照上面的标准，他显然已经达到了第五层境界。照常理，像他这样的古稀老人不仅无须再为别人做什么，倒是完全应该接受别人的关心和照顾。可他没有，不仅丝毫没有，而是把自己仅有的能为别人照亮的一截残烛全部点燃，并且燃烧得如此明亮、如此璀璨！

20世纪50年代，《武训传》公映后好评如潮。片中的主题歌这样写道："世风何薄，大陆日沉。谁启我遇？谁济我贫？大哉武训，至勇至仁。行乞兴学，千古一人。"

熟知白方礼的人把他称为当代武训。是的，如果单就身份和所做的事情而言，白方礼确是武训的"翻版"：武训是清末时期大字不识一个的贫民，白方礼也是几乎不识字的三轮车夫；武训为了让孩子们有学上，他用乞讨来的钱举办私塾，白方礼也是用骑三轮车挣来的钱支教。

但他们却也有许多不同之处：其一，武训与白方礼所处的时代背景不同。前者处于封建王朝没落的黑暗时期,而后者则处于日新月异、气象一新的新时期。其二,他们所资助的意义不同。过去私塾培养的都是应试型的人才,在倡导“学而优则仕”的时代,带有明显的功利色彩。而我们当前的时代所培养的是综合型人才,亦是推动经济振兴、国家繁荣的有生力量。其三,他们所经历的风雨不同。武训正逢国力衰弱、民不聊生之时,人民群众均处于水深火热的谋生艰难阶段,理想与现实的碰触点小而又小。然而,现时国力昌盛、国富民强,老百姓的生活如芝麻开花节节高,从温饱向小康迈进,进而实现中华民族伟大复兴的中国梦,白方礼在大部分人乐享安逸生活时却追求着他苦行僧式的生活,更显得弥足珍贵。

3

泪水是感情的闸门,伤心时有悲泪纵横,开心时有喜泪涟涟,酸楚时有泪雨滂沱,感动时有泪如泉涌。

每一个走近白方礼的人,每一个熟悉白方礼的人,每一个听说过白方礼的人,无一例外地都会流下感动的泪水。

他骑行的里程或许算得出,而洒下的汗珠谁也算不出。他捐的钱款能精确到角分,而献出的爱心却无法衡量。大象举起颇有重量的木头固然令人赞叹,一只蚂蚁所衔举的萎草虽然轻飘,然而却是它自身体重的好几倍,与大象相比,蚂蚁才是举世无双的大力士,人们给予蚂蚁的岂止是赞叹,更是感动!

白方礼付出的正是超出其自身重量的蚂蚁之力,这也是他最撼动人心的力量。用中国扶贫基金会一位负责人的话说:“白大爷捐出了35 万元的善款, 可是在我心中这些钱却比某些千万元的捐款更有分量，更要沉重！”

老子在《道德经》第八章中写道：

> 上善若水。水善利万物而不争，处众人之所恶，故几于道。居善地，心善渊，与善仁，言善信，政善治，事善能，动善时。夫唯不争，故无尤。

这句话的含义是，最高的“善”像水那样，水泽被万物而不争名利，处于众人所不注意或者低微的地方，所以接近于道。这句话告诫人们，处世要善于安居卑下，心地善于保持深沉，交友能相亲相爱，说话恪守信用，办事善于发挥才能，行为善于伺机而动，正因为像水那样与万物无争，所以才会没有烦恼。

也许，白方礼没有读过这些句子，也不一定理解句中的含义，但他却用实践诠释了这些句子。可以说，白方礼的精神与老子的思想达到了理论与实践相结合的完美统一！

世界上最柔的东西莫过于水，然而它却能穿透最为坚硬的东西，没有什么能超过它，例如水滴石穿，这就是“柔德”之所在。是水啊，饱含着蓝色清澈泛影的凌光；是水啊，充盈着红色霞光潋滟的波澜。

这上善之水，一直蜿蜒曲折于白方礼的心间！

白方礼给人启迪的地方太多太多，旧社会时他救济比他更穷的穷人，新中国成立之初，他供侄儿上完大学，并将自己的儿孙们培养成才，他勤俭持家的美德是白家的“传家宝”……

白方礼让人震撼的地方太多太多，他宁可饿着自己，却将最后一块充饥的馍送给别人；他宁可自己身上穿着不能挡寒的破衣服，却将儿女们孝敬他的好衣服毫不迟疑地送给别人；他宁可自己一脚又一脚费力地蹬着三轮车，却绝不会凭借身上已有的劳模等光环向国家伸一次手……

白方礼令人感动的地方太多太多，为了老家的孩子有书读，他不惜捐出了自己的后半生；他踏上支教路后，更是一路征程一路汗水，为了贫困学子们安心读书，他不惜春冒寒雨夏顶烈日秋披严霜冬穿冷雪，将他的三轮车骑得飞快，三轮车每转动一圈，笑容就会在他的脸上镌刻一轮……

白方礼去世时，神州大地悲泪成河，作为平民英雄的白方礼在人们心中走向了青铜。央视主持人白岩松在致敬“白方礼们”时说：“我们留给世界的不能只是背影，还应该有我们的期待。”诚如斯言，白方礼留给我们的既是让人无限怀念的背影，更是对公益精神与情怀的无限期待。

有的人死了，却还活着！

白方礼，他是天津的名片，他是无私大爱的符号，他是当之无愧“感动中国”的人，他永远活在那些被他感动了的人们的心间！

第一章
白方礼,你凭什么感动中国?

1

【我有钱的时候竟然把师傅白方礼给忘了,在有能力的时候没干正事!惭愧、懊悔,让李佳伦恨不得抽自己几个嘴巴。】

2009年9月10日,教师节。

和往年一样,央视六套播出了向教师节献礼的影片。这一次的献礼影片主角不是教师,而是一位因支教感动中国的老人——白方礼。

当这部时长仅90分钟的影片《白方礼》在央视六套播出时,天津大港兴华里一间普通民房内,一个名叫李佳伦的制片人兼导演边看电视,边默默流泪。为了拍摄这部影片,他不惜倾家荡产,甚至妻离子散,而他,只为兑现心中的一个承诺。

李佳伦和白方礼结缘于1994年,那时的白方礼已成为享誉一方的支教模范。天津电视台以蹬三轮车支教助学的白方礼老人为原型,拍摄了一部名为《心愿》的电视剧，与表演投缘的李佳伦被剧组选中，在剧中饰演了一位与白方礼作对的坏小子，后在白方礼善举的感召下改邪归正。

这部电视剧让李佳伦接受了一场心灵的洗礼。那年冬天，白方礼到剧组探班，那是李佳伦第一次面对白方礼，对自己与白方礼老人握手时的情景，李佳伦永难忘记：“老人双手青筋凸起，老茧很厚，却很有力量。”他亲眼看见白方礼装蹬三轮车收入的破饭盒，里面有块票有角票，这点点滴滴攒起来的钱全部用于资助贫困学生。李佳伦顿时感慨万千，心中升起无限敬意，他主动提出要做白方礼的徒弟，白方礼一口应承，自此两人结下了不解的师生缘。

拍完电视剧后，李佳伦并没有跟着白方礼去支教，为了缓解生存的压力，他投身商海，经过多年的打拼，终于拥有了数百万的身家。有

拍摄《白方礼》电影的制片人李佳伦

钱后的李佳伦住豪宅、开名车，除了商海逐利外，几乎没做过一件有社会意义的事。那些年，“师傅白方礼”只是他头脑里偶尔会想起来的一个名字，除了白方礼探班时的那一面之缘外，他们此后并没有任何交集。

时光荏苒，转眼 11 年过去了。2005 年 9 月 23 日，远在甘肃老家省亲的李佳伦突然听到了白方礼老人去世的消息，他整个人一下子蒙了，那颗心仿佛被利刃狠狠切碎了一般。“原来，师傅一直在蹬三轮车助学，直到蹬不动了。而我有钱的时候竟然把师傅白方礼给忘了，在有能力的时候没干正事！”

惭愧、懊悔，让李佳伦恨不得抽自己几个嘴巴。他得知，白方礼老人生前曾两度被提名参评央视《感动中国》年度人物，却两次落选。李佳伦觉得这么好的一位老人，应该让他的精神永久传承下去。他决定要为白方礼老人拍摄一部电影，用他自己的方式为老人立传。

就在李佳伦动了筹拍电影念头的同时，网络上出现了一篇受到几千万网友力挺的文章《白方礼，你凭什么感动中国》，笔锋直指央视《感动中国》年度人物评选中对白方礼老人的漠视，文末的那句“总有一种

白方礼小学的孩子们推着白爷爷的三轮车走上《感动中国》颁奖舞台。

白方礼小学师生在《感动中国》颁奖盛典结束后合影。

平凡,叫我们泪流满面"让无数网友为之泪奔。

网友们为老人的"鸣不平"更加坚定了李佳伦拍摄电影的决心。为了筹集拍电影的经费,李佳伦拿出了所有的积蓄,卖掉了公司、房子、汽车,甚至包括妻子的首饰。2008年3月初,电影《白方礼》终于杀青,可惜的是,这部讲述好人故事的影片却在市场上遇冷,直到2009年春节,依然没有卖出去。那一年的春节,李佳伦家中只剩下200元钱过年,他自嘲是"中国最寒酸的制片人"。

幸亏,2009年8月,央视六套看中了影片《白方礼》,在央视播出后,李佳伦得到了一笔酬劳,但与拍电影投入的几百万元相比,仍是杯水车薪。第一次投拍的电影成本都收不回,身负巨债的李佳伦却痴心不改,2010年,李佳伦又开始筹拍《白方礼》的续集《麦积山的呼唤》,这回妻子不干了,不愿跟他过这种债台高筑的日子,选择了与他离婚。

李佳伦怀着朝圣般的心情,不惜从一个身家数百万的公司老板变身为身欠巨债的电影制片人，他无怨无悔。他说：“是师傅白方礼教会了我做人，虽然为拍电影我受了很多苦，但我相信好人终有好报。”

让李佳伦欣慰的是，白方礼老人虽然辞世了，但他的精神却得以传承。2008 年 3 月 13 日，白方礼去世 3 年后，在 46 家网络媒体联合主办的首届“感动中国人物”评选中，在这个没有奖品、没有奖金、没有颁奖晚会但也最具民意、最接地气、最彰显公平的网络评选中，白方礼终于“感动中国”了。

此后每年一度的清明节、教师节，包括老人去世的日子，各大网站，包括微博、微信朋友圈都在转发着怀念白方礼老人的文章，他如精神火炬，在人们的接力传递下，永不熄灭。

2012 年，在央视《感动中国》年度人物的颁奖典礼上，《感动中国》评选组委会以致敬“白方礼们”的特别方式，对老人表示了敬意。在晚会上，主持人白岩松对老人评价道：在《感动中国》走过 10 年的时候，请接受我们的特别敬意，白方礼们！让我们传递着鲜花，传递着温暖，带着白方礼们给我们的这种人间的温度，走进新的春天。在这新的一年当中，我们已经行走了一段时间，急匆匆的脚步里面，我们留给世界的不能只是背影，还应该有我们的期待，为了爱和幸福，让我们为我们每一个人加油！

尽管白方礼老人已辞世多年，但是当白方礼的名字终于正式被央视《感动中国》颁奖盛典所提及并致敬时，网友们热血沸腾，他们认为这是央视《感动中国》将欠下老人的“前债”终于还上了！也有网友认为仅仅是致敬白方礼，远远不够弥补老人。但不管哪一种说法，都表明一点：白方礼的精神已被传承下来了！

那一天，李佳伦看完节目后又一次落泪了，这一次，他流下的是欣慰的泪水。

2

【风,从城市的上空轻轻拂过,此时,它成为白方礼老人的信使,它轻叩着每一个窗台,传递着一个令人无法接受的讯息……】

一抹晨曦渐次染白了天空，黛绿色的河水依稀泛起了银色的碎片。河水俨然是一位张弛有度的舞者,她或舒缓、或急速,一路向东,投奔进渤海的怀抱。

海河,天津的母亲河!她见证着这座城市的沧海桑田,她追随着这座城市的风雨历程,她哺育着这座城市的钟灵毓秀。这座城市中每一个市民,都是她深情关注着的子民!

可这一天,她肃穆了,她焦急,她彷徨,她翻涌着潮水呜咽着！因为,就在这一天,她失去了她疼爱的一位子民。不!那不只是她的子民,那是她的知音,那是她深深的眷念,那是她守望的风景啊!

这一天是公元 2005 年 9 月 23 日,一位名叫白方礼的老人,走完了他 93 岁的人生历程,在海河之畔的天津,他永久地合上了眼睛。

风,从城市的上空轻轻拂过,此时,它成为白方礼老人的信使,它轻叩着城市的每一个窗台,传递着这一令人无法接受的讯息。

是啊,谁能接受呢?善结百年,人们都希望白方礼老人能活到百岁以上。但他还是倒下来了。与呜咽的海河一样,整个天津开始了悲啼,泪流成河!

消息迅速传遍了大江南北，传遍了白山黑水，传遍了长城内外——

“白爷爷,你没有远去。”

“白大爷,都说好人长寿,你咋说走就走了呢?!”

“白老爹,侬一定是睡着了呀……”

白方礼资助过的学生缅怀老人。(李锦河 摄影)

认识的和不认识的,已熟知和刚刚知道的,白方礼的名字走进中国的千家万户,南腔北调,百种方言,表达的是对这位老人的相同的尊崇之心。他们更愿意相信:白方礼没有去世,他只是头枕着海河的碧涛,在海河微波轻摇之中,疲累的他,睡着了!

那一天,天津《城市快报》的女记者安颖正坐着公交车上班。公交车快要在天津日报大厦前的站台停车时,安颖突然接到了一位市民打来的电话,对方的声音哽咽:“安记者吗?你快到第三人民医院来见白大爷最后一面吧,他已经……去了……”

安颖一惊,手机差点儿掉到地上。她颤抖着声音问:“白大爷?是不是白方礼白大爷?”

“是啊……就是他,今天早上刚走的。”说到这儿,对方已经泣不成声。安颖的泪水倏地夺眶而出。刚下了车的她立即转身拦了一辆出租车，车子还未停稳，她就急忙打开车门，朝着司机一挥手道："快，第三人民医院！"

司机看着冒冒失失"闯"进来的这个女孩，面颊上全是泪水。他揣测，这个女孩也许正有亲人在第三人民医院急救，不然她不会这么着急。他好心地安慰安颖："请相信医生，他们会尽心抢救的！"说着，他从驾驶室的储备箱里掏出纸巾递给安颖，示意她擦去泪水。

安颖感激地朝他看了一眼，她深吸了一口气，等心情稍平静下来后，她对司机说："我要去见白方礼大爷最后一面，他今天早晨去世了！"说完这句话，她的眼泪再次像拧开了的水龙头，顺颊而下……

司机心里一紧，他的眼眶立即也红了。对天津市民来说，白方礼的名字几乎家喻户晓、妇孺皆知。司机深叹了一口气道："白大爷，好人啊，就这么走了，我也要去见他最后一面，这趟车费就算我的！"说着，他换挡加速，出租车在滚滚的车流中左冲右突，连续超车，向着天津市第三人民医院的方向驶去。

以往坐车时，安颖总喜欢看着车窗外的建筑与人流，欣赏着城市流动的风景。然而，这天她把眼睛瞟向窗外时，她却看不清车水马龙的景象，眼前一直晃动着白方礼的身影——

七年前，安颖刚到报社报到上班不久，领导就交给她一项采访任务，让她去采访一位名叫白方礼的老人。未入报社前，安颖已经从媒体上知道了白方礼的一些事迹：他是一个骑着三轮车支教的老人，他曾获得过全国支教模范、天津市劳动模范等多项荣誉。对于这么一个充满传奇色彩的老人，安颖本以为老人的故事会很多，找到老人随便一聊，就能抓到一大把好故事、好细节。

然而，当她与白方礼老人面对面时，她才深切地感受到，白方礼老人是一个难以采访的人。那天，安颖来到天津火车站东站，在一位热心人的引领下，她来到了白方礼的三轮车前。白大爷正在擦洗着他那辆

天津耀华中学师生悼念白方礼。(李锦河 摄影)

老古董似的三轮车,当安颖表明身份和来意后,白方礼一点儿也没有停下手中的忙碌,他一边擦车一边对安颖说:“闺女,我没嘛好说的,我也没嘛空儿接受你的采访,待会儿有一趟客车靠站,我得去接客了。”

安颖当然不能就这么轻易地被“拒绝”,她掏出了采访本,对白方礼说:“白大爷,我耽搁不了您老的工夫,你就一边忙,一边回答我的话就是了。”

白方礼这才抬起了头,那是一张满布皱纹的黝黑的面孔,但一双眼睛却特别有光。屈指算来,白方礼当年已经是个 87 岁的老人了,但他身手矫健,除了脸上像刀刻的皱纹外,他的身上找不到一点儿老态龙钟的样子。

白方礼趁抬头的工夫擦了一把额头上的汗，这时，他看到有一个盲人拄着导盲杖从火车站前广场上走过，看样子是要拦车走，已经有一个青壮年三轮车夫靠近了那盲人，正与他讨价还价。白方礼来不及与安颖打声招呼，他三步并作两步走到了那个盲人身边，客气地问：“你去哪儿？我送你，不管嘛地方，我都照半价收费。”

那青壮年车夫见到白方礼来横插了一杠，嘟哝了一句：“八十多岁的老头儿，不在家享清福，跑来和我们争饭碗，真没意思！”看样子，白方礼在火车站是经常争客的，那年轻车夫尽管不高兴，但还是让着白方礼。问明了盲人的去向后，白方礼就小心翼翼地把他扶上了三轮车。就在白方礼也跨上三轮车准备出发时，他似乎才想起还有一个女记者正在等着采访他，他抱歉地一笑道：“闺女，得罪了，等我哪天嘛也干不了，我就找你唠唠嗑，现在还不行，趁腿脚还能动要多挣俩钱。”说完，他头也不回地蹬着车子就走远了。

哪有这样的采访对象！安颖急得直跺脚。她失望地回到报社，满怀内疚地向领导“请罪”。领导却笑着说：“你别灰心，别说你这个新记者采访不到他，就是一些资深的老记者也难以采访到白大爷，你也不要内疚，这完全是我们意料之中的事。”

安颖不服输的性格又显示出来了，她要向比她还要倔强的白大爷挑战！于是，她向领导请示，她要耐心地采访白方礼，由表及里，走进他的心灵深处！后来的几次断断续续的采访，还是不尽如人意。

一晃两年过去了，有一天，安颖终于得到了能与白方礼坐下来长聊的机会。然而这次采访还是不成功的，这不是白方礼的原因，完全是她自己的原因。那一次，白方礼累倒了，到医院一查，身患多种疾病。当安颖来到他的病床前时，老人挣扎着说：“闺女，你多次要采访我，可一次也没能完整地采访我，我现在病倒了，我是有时间了，但我心里急啊，我这一躺下，可能再也没有力气去骑三轮车了，学校里的那些娃儿们也不知道现在嘛样了。如果你能有机会去见他们，你帮我了解一下他们的情况。你就去告诉他们，白大爷要看一段时间的病，等我病好了，我再去蹬三轮车，给娃儿们挣钱去，你要他们一定好好学习……”

老人挣扎了好一阵才说完这些话，耗去了不少力气，他咳嗽了几声，接着闭上眼睛静息了好一阵，这才恢复了元气。令他奇怪的是，坐在旁边的安颖竟然没发声，他睁眼一看，这个小姑娘脸上竟淌满了泪水……

安颖不知道那天是怎么离开医院的，她的身子虽然离开了，但心却落在了白大爷的病床前。此后，无论白方礼是在医院里，还是在他的儿女们家中养病，安颖都会隔三岔五地去看望他。白大爷的病时好时坏，安颖的心也随着白大爷病情的变化而时起时落。

就在此前的几天，她还刚刚去看望过白方礼，没想到，此一别，竟远隔了阴阳！

3

【他也是一个耄耋老人，对生老病死早就看开了，然而当这一天真正来到时，他的心还是像被针扎般地疼痛……】

杨俊玉得知白方礼去世的消息时，他正在吃早饭，一失神，瓷碗重重地磕在桌面上，整个人被定住了。

他们之间有着不同寻常的特殊感情，白方礼既是杨俊玉的“忘年交”，也是他的“老下属”。杨俊玉比白方礼小20岁，他在退休前曾担任天津市河北区的个体劳动者协会负责人。白方礼退休后曾在一家印刷厂做了一段时间的货运,20 世纪 80 年代初期,个体户开始兴起,白方礼又申领了个体三轮车客运执照,干上了个体客运,就隶属于河北区个体劳动者协会。

对于白方礼的故事,除了他亲眼所见外,他还亲耳听到了白方礼过去运输组的老领导讲过的事情。有一次,那位老领导到运输组检查工作,看到一个剃着光头的老人正吃力地拉着满车货物往外送,老人特别干瘦,搬运货物显得十分吃力。老领导有些不悦地对运输组的组长说:“你们的粗壮劳力哪儿去了? 怎么能让一位老同志拉这么重的货物? ”

运输组组长苦涩地笑道:“我们早就要把他调到体力活儿较轻的岗位,但这老头儿十分固执,他还非要留在这儿干不可。我们特意减轻他的工作量,他还和我们吵架来着! ”

天津市民泪别白方礼。(李锦河 摄影)

这个放着轻活儿不干偏要干重活儿的老人就是白方礼。那天，运输组组长的回答让老领导心头涌起了一份感动，他曾想通过会议来宣传这个“老黄牛”典型，但找到白方礼一谈，白方礼却连连摇手：“我没嘛文化，只能出出苦力，再说咱家娃儿多，这岗位还能多挣俩钱，我干了几十年了，要是一天不干，浑身的筋骨都难受。”

白方礼的话没唱高调，说得既实在又本分，老领导不由得对他肃然起敬！

白方礼从货运场退休后，先是在印刷厂拉货，也就是从那时开始与杨俊玉相识相知。刚开始，杨俊玉因白方礼是位老货运工人，勉强同意他继续拉货，但后来发生的一件事还是让杨俊玉下定决心劝他离开了货运岗位。有一次，白方礼拉着一堆货上桥。平常，他拉着这么重的货上桥一点儿也不费劲，但毕竟年岁不饶人，快到桥顶时，他体力有些不支，但他咬着牙拼命地往上拉，他知道只要手劲儿一松，车子就会倒退甚至倾倒，人受伤不说，车上的货物也会受损。拉了几十年的货，最怕的就是在斜坡上翻车，当然，白方礼以往从未出现这种情况。

白方礼用力苦撑着，黄豆大的汗滴摔在地上成了瓣儿，他还是拉不上去。他抬起头，用眼睛寻找着，想找个外援能在后面助一把力，但行人却不多，偶有经过的，也是行色匆匆，没人过来主动搭把手。看到有人走近，他的招呼还未说出口，对方已经和他擦肩而过，走远了。

求不到人，只能靠自己了！白方礼一咬牙，他用力把车把手往下一压，接着一屁股坐在了车把手上，想通过人体的重力来刹住货车，然后原地休息一会儿，再一鼓作气地拉上桥。没想到他的体重太轻了，车子似跷跷板向后倾斜滑去，白方礼急忙将两只脚固定在地上当“刹车”。车子往后退，他的脚就贴着地面往后滑，柏油路很快洞穿了他的薄底鞋，脚上磨破了皮，鲜血汩汩直淌。剧痛袭来，白方礼顾不得了，他使尽浑身的力气，终于“刹”住了车。他拖着车与车僵持着，嘴里还在念叨：

在送别白方礼时，白方礼的儿子白国富向社会各界人士致谢。

白方礼老人去世后，央视新闻频道播送老人去世的消息。

“老伙计，跟我干了这么多年，为嘛就不听话了呢？”

幸好，当时正有一个年轻的小伙子路过，见状，急忙上前来帮忙，终于把车推到了桥顶。这件事很快传到了杨俊玉的耳朵里，他再次来劝白方礼，对他说：“货重人轻，你不如到人力车组去拉人吧。”

白方礼面露难色。新中国成立前，他离开河北沧州老家，只身闯荡津门,拉货、拉人都干过。过去所拉的人都是些洋人或者有钱的富人,他对这些侵略中国和剥削人民血汗的人从内心里极端鄙视,但为了谋生,他也只能忍辱负重。新中国成立后,他进入货运场就没挪过窝,拉了几十年的货再转过身去拉人,总有些不适应。

杨俊玉知道白方礼的顾虑后,就开导他说:“老白,现在时代不同了,社会分工各有不同,你拉着的人不再是那些剥削人民的人了,比如有病人啦,有行走不便的残疾人啦,或者还有那些忙于其他工作的人啊……”

杨俊玉的一番开导起到了立竿见影的作用,白方礼爽快地答应下来,他进了人力车组。也正是这次“转行”,为日后白方礼支教埋下了伏笔。

白方礼踏上了支教的征程后,一辆三轮车成了他的“摇钱树”。杨俊玉对他这个特殊的下属十分关注,每当白方礼碰上难题时,都是杨俊玉想方设法帮助开导、解决,他们的友情浓酽有加。

杨俊玉退休后,只要有空,就跑到火车站找白方礼聊聊天,而白方礼心里有什么委屈时,也喜欢找他倾诉。白方礼没上过一天学,他连自己的名字也不会写,杨俊玉在他空闲时就手把手地教他写字。有一天,当杨俊玉去看白方礼时,白方礼像个孩子似的兴奋地对杨俊玉说:“老杨,你教给我的几个字我都会写了,我现在写给你看。”说着,他掏出纸笔,歪歪扭扭地在纸上写下:“你是杨俊玉,你是我的老领导……”

杨俊玉看着这些字,心潮难平,他激动地抓着白方礼的手说:“老白,你也是我杨俊玉今生最知心的朋友!”

当白方礼病倒后,杨俊玉还经常跑去看望白方礼。每次见到杨俊玉来,白方礼都是精神一振,失神的眼睛就会发出光来。在白方礼病重期间,杨俊玉天天不离病房,白方礼在清醒时,就会用力地抓住杨俊玉的手说:“老领导,我看来是不行了。活到这么大年纪,我也知足了。我支教这些年,你对我的帮助最大,我今生谢不了你,如果有下世,我会变牛变马来报答你……”

杨俊玉鼻子一酸,真诚地说:“老白,你这一生苦了自己,却支持了几百个娃儿,你没有亏欠过谁,你这一生亏欠的就只有你自己了!”说到这儿,他已经泣不成声。

白方礼的健康状况一天不如一天时,杨俊玉知道他迟早有一天会突然离开的。他也是一个耄耋老人,对生老病死早就看开了,然而当这一天真正来到时,他的心还是像被针扎般地疼痛……

4

【他的双眼深邃地看着前方,额上的皱纹沟壑纵横,他嘴唇轻启着,脸上洋溢着满意的笑意……】

2005年9月25日,天津市第三人民医院门前人头攒动,这一天是白方礼出殡的日子,闻讯赶来的上万名天津市民聚集在此,他们来送白方礼走完最后一程。

一大早,天津公交集团公司的司机李师傅就开着他那辆5路公交车来到了河北区抗震里白方礼的家。与他一起来的,还有公交公司的另几名同事,为了这位可敬可爱的老人,天津公交集团公司调度了8路车队和5路车队的5辆公交车,装载送别白方礼老人的市民。司乘人员在车上悬挂了白大爷的遗像,还装点了鲜花。很多老司机说:“我们的车经过东站,以前总能看到白大爷在车站忙碌的身影。今天,我们要带着我们的心意,带着所有被白大爷感动的人,去送白大爷最后一程。”

生前,白方礼几乎没坐过一次公交车,风风雨雨中,他永远都骑着

白方礼老人辞世时，天津公交公司布置灵车，送老人最后一程。(李锦河 摄影)

白方礼的灵堂鲜花围绕。(李锦河 摄影)

他那辆三轮车。老人也在感慨着时代的变化,他从旧中国一路走来,经历了从拉车到蹬车的变迁,目睹了公交车和出租车渐渐进入人们的生活,驶向繁荣街头的变迁。交通的发达,老人也许别有滋味在心头,在公交车和出租车面前,他的那辆三轮车已然成了落后的交通工具了。也许,他为三轮车生意日益难做而彷徨过,但他的心里一定感到由衷的高兴。他是一个无私的老人,他是一个甘于奉献的老人,不管这时代如何演变,只要看到市民的生活变好了,脸上绽放的笑意多了,他也就舒心了!

上午9时,公交车载着众人抵达第三人民医院,衣着整齐的工作人员抬着老人的灵柩穿过由人群让开的小路,将老人的灵柩送上殡葬车。由于汽车载客量有限,很多市民挤不上车,于是他们就跟在灵车后面奔跑。贾吉英、李守民、陈兆祥等3位出租汽车司机,当天停业一天,他们开着出租车免费接载送别老人的市民。

白方礼的儿子白国富手扶灵柩从医院走出,跟随其后的白方礼家人手捧遗像,互相搀扶着走上等候的5路公交汽车,送行的人们也按顺序登上汽车。灵车缓缓地从天津市第三人民医院出发,驶往天津市第一殡仪馆。

行车路线是这样安排的:从第三医院出发后,沿着金纬路、华龙道,上中环线,驶向天津市第一殡仪馆。在天津市第一殡仪馆外的广场上,早已聚集了众多市民,自发前来为老人送行的人群已经挤满了马路。白方礼的遗体被抬出时,拥挤的人群几乎失控,不少市民拥向灵车,有些人不得不跑到房顶上,爬到大树上、汽车上去看老人最后一眼。一些市民在灵车前放声痛哭。

因为人太多,灵车用了近半个小时才缓缓离去……

一位住在第三医院附近的居民说,他在这儿住了这么多年,从没见过一个普通百姓的出殡聚集了这么多人,其中绝大多数都与老人素昧平生。人们打出“洒泪别白爷爷,您一路走好”“白爷爷我们永远怀念您”等条幅,或捧着老人的遗像表达心中的崇敬。这些人中,绝大多数是以个人的名义自发前来悼念的。

万人送行,这是何等壮观的隆重葬礼啊!没有谁组织,也没有谁召唤,他们都是自发而来的,有的甚至从市郊的塘沽专门坐车赶来送别白方礼老人。

灵车所经过的那些大街小巷,都是白方礼老人所熟悉的,每一条马路上,都曾滴洒过老人的汗水。而这一次,白方礼老人再也不会流汗了,微风拂过,每条马路上的绿化树都在轻舞婆娑,它们用另一种方式向白方礼老人致意。

上午10时,追思会在第一殡仪馆最大的告别厅仙苑厅准时开始。

仙苑厅大门上方拉了一幅横幅:“沉痛悼念白方礼先生”。两侧的对联是:“古有武训乞讨办学万世流芳,今有白方礼蹬车助教千载名扬”。遗像上的对联格外引人注目,那是《天津日报》社的记者们为白方礼亲拟的——

胸中支教一片心照日月
轮下助学千程路耀春秋

字字含情,高度概括了白方礼老人精彩的人生!这饱含热泪的字斟句酌,浸润着无数人感动和感恩的心意!

时年六十多岁的天津市民曹嘉禾老人十分敬重白方礼老人,他平时收集了刊有白方礼事迹的报道百余篇,得知白方礼老人去世后,他连夜将报纸剪报制作成长卷。在送别白方礼老人的当天,耀华中学的学生托举着长达13米的剪报长卷,在现场举办了一个小型事迹展,让前来送别白方礼老人的市民观看。回顾着老人支教路上的栉风沐雨,观展的人群泪雨纷纷。

“如果有来世，我还会去骑三轮车支教，我还会给娃儿们去挣钱。”这是白方礼老人的临终遗言。这样的遗言平淡似水，甚至有些唯心。但我们要注意到，白方礼老人自身是一个文盲，他出生在旧社会，长期在社会的最底层挣扎沉浮，注定了他不会有任何豪言壮语，对于他来说，实打实地埋头做事，比任何煽情的话都好！

三轮车、收音机、黄莺，这三样是白方礼老人的遗物。三轮车伴着他走过了几十年的风雨，被他视若朝夕不离的老伙计。收音机是他捡来的，疲累时他就把收音机打开，听几句京剧，听些津味相声。在旧社会，唱京剧的、说相声的集中在天桥一带，他们和白方礼一样，都属于人下人，属于三教九流的末流。新社会人人平等，白方礼听着京剧、相声和大鼓戏时，他与这些艺术家的心灵相通，不管能不能听懂戏文，也不知道大鼓的韵律，但他却常常露出会心的一笑，浑身的疲乏也就全都缓解了。

黄莺是他生病期间一位友人送给他的，老人生前虽曾喂过一些流浪狗、流浪猫，可是他并不收留它们，即使有这份闲情，可也没这份闲心啊。白方礼病重时，为排解寂寞，他才同意接收了这个礼物。黄莺好像通人性，每当白方礼朝它张望时，它也睁着它那绿豆般的小眼睛朝白方礼打量着，不时鸣啭几声，算是朝白方礼打招呼。

除了这三样遗物之外，白方礼别的东西都不属于他自己，包括他原来所穿的那些衣服，全是他捡回来的，他穿的两只袜子从来没有一色的，都是捡回来自个儿配对的。儿女们早就习惯了他的节俭，他们尽管悄悄地给老人准备了不少新衣，但在他面前却从来不敢提起，因为一提起时，就要受到老人“乱花钱”的批评，批评过后，还要他们把衣服代捐到敬老院，这样的事已发生了不知多少次，儿女们早就吸取了教训。

天津歌舞剧院雕塑家刘鑫雕塑《支教模范白方礼》塑像，该作品荣获第三届中华（天津）民间艺术精品博览会金奖。（李锦河 摄影）

白方礼老人病逝后，天津市殡葬事业管理处全体员工饱含对老人的崇高敬意，自筹资金举办了追思会。追思会上，发生了令人动容的一幕：来自河北省沧州市青县的老人张钟康跟随殡仪车来到殡仪馆祭奠白方礼，七十多岁的张钟康老人面向白方礼遗像行了三拜九叩大礼，表达了对白方礼的无限尊崇之情。

天津憩园白方礼塑像

为给老人一个安息的地方，同时为社会提供一个永久性纪念场所，天津市民政局、天津市殡葬事业管理处在征得白方礼老人的子女同意后，决定将老人的骨灰安葬在天津市第一殡仪馆东侧毗邻天津烈士陵园的天津憩园，并建起白方礼“无私奉献纪念碑”，让老人的无私奉献精神世代传承、永励后人。

纪念碑高 1.83 米，宽 2.2 米，精选的太白青花岗岩作为主碑体，上面用金箔刻制了老人生平碑文和老人当年蹬三轮车擦汗的照片，并镶嵌了冻玉瓷字，据制作者、著名陶瓷工艺家于庆山先生介绍，用陶瓷制成字镶在墓碑上，以前还没有这样的设计。于先生说：“这种设计主要是为了体现老人的人生态度，我能为这样一位老人做一点事，传承老人的精神也是自己的一件幸事。”

纪念碑的两侧簇拥松柏和鲜花，后面植有紫李子树，寓意着“桃李满天下”。其精美的设计和形象逼真的制作工艺可谓是墓碑制造史上的一个创新，费用全部由天津市殡葬处，京津两地艺术家、雕刻家及有关企业承担。

与纪念碑相映衬的是一尊白方礼铜质胸像。这是由天津市歌舞剧院著名雕塑家刘鑫义务制作的塑像。作为一名雕塑艺术家，刘鑫曾雕塑了大量的人物塑像，白方礼这尊塑像却是最费精力和心血的。为了做好老人的雕塑，他查阅了大量的资料，在创作的攻坚阶段，他几天几夜没有合眼，但却感觉不到疲累。给这位老人塑像，他心中充满了崇敬之情，这也化作了他的精神动力。

当塑像完成制模，浇铸成青铜后，这一传神之作立即光华四射，白方礼的形象栩栩如生：他的双眼深邃地看着前方，额上的皱纹沟壑纵横，他嘴唇轻启着，脸上洋溢着满意的笑意……

青铜定格了白方礼的笑容。一个老人“风光”地画上了人生圆满的句号！

一个老人的逝去,竟然牵动着成千上万人的心。有网友在网上这样缅怀:“老人以十几年如一日的行为诠释了‘一辈子做好事,不做坏事’;诠释了做高尚的人、做脱离低级趣味的人……”

“最平凡的人、最善良的心、最长久的关怀、最永久的感动……”

“白方礼老人没有离去,他用三轮车驮起了爱的丰碑,他的精神永远活在我们心中!”

是的,白方礼鲜活的生命化成了尘埃,但对于他而言,这个人生的终点站又是一次爱心长征的起点,在他的精神感召下,一个又一个“白方礼式”的人物挺身而出,支教的故事也永不谢幕!

第二章
74岁的艰难抉择，风雨中驶来爱心三轮车

1

【我要把以前蹬三轮车攒下来的5000元钱全部交给老家办教育，这事你们是赞成还是反对都一样，我主意已定，谁也别插杠了！】

酷热的七月，云彩似乎被太阳烧化了，消失得无影无踪！

小房间逼仄狭窄，难以通风，院子中的几棵大树上的知了没完没了地叫着。蝉鸣与热浪不停地袭来，房间里的气氛被侵扰得烦躁不安。几个人的额上汗珠滚滚，心里窝着的火仍在熊熊燃烧着。

白方礼端坐在小桌子旁，他手里摇着一把破蒲扇，肩上搭着一条破毛巾，当脸上的汗珠密集起来时，他就抽出毛巾揩把脸，而后重又搭回肩头。围坐在他身边的是儿子白国富一家以及女儿白金凤一家人。

“爸，我不同意你把这么多钱捐出去，这些钱可都是你的养老钱啊，你辛苦了这么多年，现在也七十多岁了，要是有个病啊灾的，你拿

嘛来应付？”白国富的话打破了屋内短时间的沉寂。

女儿白金凤快人快语，她接过二哥白国富的话茬儿道：“爸，你鬼迷心窍了？你拿眼看看，这屋里能有啥，连个电风扇都没有，你却一捐就是五千块！你以为这钱一捐出去，天下就没有上不起学的娃儿了？咱老百姓，挣俩钱不容易，你这种做法我坚决不同意！”

这是一个特殊的“会场”，“会议”召开的时间是1987年7月23日，“会议”是由白方礼主持“召开”的。他和老伴洪德明一共生了三个儿女，大女儿白涣义在河北沧州工作，小女儿白金凤、儿子白国富都在天津分别成家。由于大女儿工作忙，抽不出身来参加“会议”，除了大女儿一家缺席外，别的家庭成员一个不缺。这次“会议”的中心“议题”是，白方礼打算把他几十年攒下来的5000元存款全部捐给他老家的小学，用来改善办学条件，让失学的娃儿们能有学上。

白方礼老人资助过的河北沧县大官厅乡中学校门（徐向林 摄影）

五千块，在时下人的眼里，不是什么大数字，然而在20世纪80年代，城里的工人们一个月只能拿四五十块，农民们年收入不到五百块的时期，五千块无疑是一笔巨大的财富。在当时，如果用这笔钱建房，完全可以建造一幢一百多平方米的房子。如果用这笔钱去做生意，完全可以开一个中等规模的饭馆。

这笔钱，是白方礼一

角一分地慢慢攒下来的。为了攒这些钱,1973年就在天津河北运输场办理了退休手续的他,继续留在运输场工作。1982年,他从场里出来后,办理了人力车个体登记牌照,成了改革开放初期的个体户之一。不过与别的个体户不一样,别人都是以钱生钱,而他却是凭苦力挣钱,那钱挣得相当不易啊!

多少年的聚沙成塔,多少年的集腋成裘,要捐出去用不了一天的时间。除了白方礼之外,他的家人怎能不急!两个儿女阻拦也是情理之中的事。

儿子和女儿发完言后,白方礼期待的目光逐渐暗淡下来,他一言不发,神色冷峻地盯向了儿媳妇许秀芹。在白方礼眼中,许秀芹十分通情达理,家中每遇重大决策时,白方礼经常向她征求意见。这次,许秀芹却将头深深地埋了下来,轻声地说:"爸,这事您再考虑考虑吧,我同意国富和二姐的意见。"

儿媳妇也不支持,白方礼感到深深的失望,他又把目光从儿媳妇身上转向小女婿孙福发。孙福发与白金凤是自由恋爱的,白方礼虽是从旧社会过来的老人,但他对儿女们的婚事十分开明,他将自主权全部交给了儿女们,从不干预。仅从这一点上,孙福发对岳父就非常敬佩。

白方礼老人的大女婿秦志成(左)与侄儿白国然在白贾村小学合影。(徐向林摄影)

孙福发知道白方礼的脾气很倔,决定下来的事九头牛也难以拉回头,他知道此刻几乎没有家人支持的岳父急等着他的支持与表态,他刚想表明自己完全支持岳父的决定,但刚要张口,白金凤用脚轻蹭了他一下,这是在给他暗示。他感觉到白金凤和白国富都在盯着他,作为众多目光交织下的"焦点",他索性两边都不得罪,于是含糊其辞地说:"你们商量着定吧,如果定下来捐,我不反对;如果定下来不捐,我也赞成……"

这话说了就跟没说一样。白方礼不满地看了孙福发一眼,目光灼灼,让孙福发不敢对视。白方礼把目光收回后,一个人坐在那儿郁闷地猛摇着破蒲扇,心情烦躁地将目光扫向老伴洪德明。洪德明与白方礼夫妻几十年,对于白方礼的个性没有谁比她更清楚,她也是典型的贤妻良母,只要丈夫决定下来的事,她都认同。尽管洪德明也心疼这笔钱,但看到老伴的神情后,她把反对的话咽了下去,不急不缓地说:"这笔钱是老爷子几十年存下的'养老钱',他要捐出去,你们急也没用,既然是老爷子定下来的事,就依他去吧!"

终于有人支持了,白方礼感激地看了洪德明一眼,刚刚还暗淡的眼眸中闪现出亮光。这细微的表情让儿媳妇许秀芹心里一动,她突然下定决心要临阵倒戈,支持公公。

她轻咳了一声,清了清喉咙说:"这钱是爸爸一手挣下来的,怎么花,其实他根本就不必征求我们的意见,他认为做得对的,我们就得支持!"

话虽不多,却说到了白方礼的心坎上,而且也明确地告诉了白方礼:"您自己攒下来的钱,您自己做主好了。"

有了老伴和儿媳妇的支持,白方礼有了底气,他把破蒲扇往桌上一扔,一下子从椅子上站直了身子,用洪亮的大嗓门儿说:"我要把以前蹬三轮车攒下来的5000元钱全部交给老家办教育,这事你们是赞成还是反对都一样,我主意已定,谁也别插杠了!"

他的“一言堂”终结了“会议”的民主氛围，大家都听得目瞪口呆，沉默不语。白方礼说完这些话，如释重负地跨出了房门，拧开自来水龙头，“咕咚咕咚”地喝了一肚凉水，转身下楼到院子外面推出自己的那辆三轮车，他要趁着这时光，揽生意去了。

白方礼老人大女婿秦志成(左)与本文作者徐向林在白贾村小学合影。

白国富和白金凤等人面面相觑，摇头不解。白金凤气恼地说：“爸爸回了趟老家，会不会中邪了？一捐就是这么多钱，他好像一点儿也不心疼……”

白方礼真“中邪”了吗？那趟老家之旅给他带来了什么样的心灵震撼？

2

【我叫白方礼，就是从白贾村走出去的，在天津蹬了大半辈子三轮车。我说话算话，你们就等着吧！】

近了，近了，更近了！

无数次魂牵梦萦的故乡就在眼前啊，白方礼的眼眶里蓄满了泪水——

少小离家老大回，乡音无改鬓毛衰。

儿童相见不相识，笑问客从何处来。

脚下的阡陌还是当年走出的那条路吗？傍村而过的清水河是否还荡漾着当年的碧波？屈指算来，1944 年，他离开故乡独闯津门，已经整整 43 年过去了。43 年啊！青丝白发流转，当年生龙活虎的小伙子如今成了头发花白的垂垂老者。

河北省沧州市沧县官厅乡白贾村，这是白方礼永远也无法忘怀的故乡。他就像一只风筝，无论飘飞到哪儿，这根线还紧紧拽在故乡手中。1987 年的初夏，离乡 43 载的白方礼又被故乡拽回来了。

其实，从白贾村到天津也不过区区几百公里，然而从村里走出去后，白方礼却因多种原因一直未能回村看一看。这次的回乡之旅，白方礼是进行了精心安排的，这一年，他已经 73 岁了，体力大不如前，他想彻底退休了。落叶归根，他想回到故乡终老，白贾村还有他早年置下来的几间小屋，足够他和老伴作为安身之所了。

太阳亮晃晃的，从沧县车站下车后，白方礼不让在沧州的大女儿和大女婿来接站，当年他是徒步从白贾村出发，一路逃难走到天津的。而今，他对女儿女婿说："你们前呼后拥着我，乡亲们还以为我是衣锦还乡呢，我想一个人悄悄地回村。"他果真独自提着行李一路疾走了几十里，到达白贾村时，已是晌午时分。口渴了，他掬了一捧家乡的河水，咽入喉咙时，他感觉清凉爽口，比城里的自来水好喝多了。

他抬起头，仔细地打量着眼前这个既熟悉又陌生的村子。是的，这座村子以前白方礼太熟悉了，他闭着眼睛都能走遍所有的村巷村道。眼前的村落又让他有着陌生之感，昔日低矮的茅草屋不多见了，很多人家盖起了明亮的砖瓦房，昔日十户九空的景象被袅袅炊烟所取代，勾画出一幅充满生机的乡村画卷。

白方礼老人的侄儿白国然看着白贾村的村碑，深情怀念伯父。(徐向林 摄影)

仔细打量时，白方礼的目光落在了近处的几块农田里。五六个看上去不过十二三岁的少年正在地里忙着割麦子，他们瘦小的身体甚至还没麦秆高，在烈日的暴晒下，他们皮肤黝黑，显然干农活不是一天两天了。他们俨如大人般，挥汗如雨，舞动着镰刀，麦秆参差不齐地在他们面前倒下。

看着看着，白方礼有些讶异起来，这些娃儿们怎么不去上学？他的思绪瞬间拉回到了自己的少年时光，那时，村里有个有钱的地主花钱请了一位私塾先生，所开的私塾只招收富家子弟。对于白方礼这样家里穷得揭不开锅的孩子来说，理所当然地被拒之于私塾门外。白方礼13岁时，他随着大人下田劳动，经过私塾窗前时，听到里面传来了琅琅书声——

> 人之初，性本善，性相近，习相远。苟不教，性乃迁，教之道，贵以专。昔孟母，择邻处，子不学，断机杼。窦燕山，有义方，教五子，名俱扬。养不教，父之过，教不严，师之惰……

白方礼感到好奇，就趴在私塾的窗口朝里张望着，只见五六个少爷模样的人正跟着私塾先生摇头晃脑地读书。他一时兴起，也情不自禁地跟着念了起来，他并不知道《三字经》的真正字义，他只能就着音跟和着。

私塾先生显然听到了读书声中的“杂音”，他睁开微闭的眼睛，果然看到窗外探头探脑的白方礼。私塾先生脾气还不坏，在白贾村教书时，他经常遇到一些穷人家的孩子趴在窗口“偷学”的情景，他也不去理他们，自顾自地教着书。但这一天，他心血来潮，朝白方礼招招手道：“你进来吧。”

白方礼如获特赦，他高兴地走进了学堂，站着听了一堂课。临走时，私塾先生看着白方礼意犹未尽的样子，就对他说：“你这孩子上进心倒挺强，听得很认真，这样吧，你回去跟你爸商量一下，如果你想来上学，我可以减半收你的学费。”

白方礼兴冲冲地跑回家，把这一喜讯告诉父母，讲完后，他注意盯着父亲的表情变化，父亲的脸上阴晴不定，不时掠过痛苦的神色，最后

白方礼老人资助过的白贾村小学

还是叹了一口气道:“娃儿,不是爹舍不得让你去上学,可一半的学费爹也拿不出啊……”

白方礼立刻感到浑身冰凉,刚燃起的热情全部化成了冰块。此后,他再也未能进入学堂,但那半天的私塾经历如履痕深深地碾过,烙印在他的脑海里,挥之不去……

一阵风吹过,他放飞的思绪又回到了现实。现在都改革开放了,可眼前的这些娃儿们怎么不去上学呢?他走上前去问那几个娃儿,有个胆大的男孩转动黑亮的眼珠对他说:“大爷,不是我们不想上,可是咱们的学校太破了,课桌椅都没有,课本也配不全,老师没法教咱们,咱们也没办法学啊!”

还有一个娃儿接着说:“俺家穷,供不起俺上学。”

眼前这些娃儿们的遭遇与当年的自己何等相似啊!白方礼一阵酸楚,他颤着声音问:“那你们……想不想上学呢?”

“咋不想上呢。为了上学,我哭求俺爹,可俺爹他也没办法,村里的小学太破了,俺们没办法上啊……”

白方礼无语凝咽,顺着娃儿们手指的方向,他很快找到了位于村西侧的白贾村小学:学校里几乎空无一人,两间教室四处漏着光,黑板是用水泥灰抹成的,由于年代久远,已经灰白斑驳,用土坯垒的墩台上搭着一块木板,这就是孩子们的课桌,学生们的凳子都是自己带来的,每天放学还要扛回家去,门窗上没有玻璃,钉着塑料布,被风吹得哗啦哗啦地响,他边看边摇头:“哎!真没想到咱农村小学还是这样……”

他在学校里张望时,有个戴着眼镜的中年人凑过来问:“大爷,您找谁?学校现在放假了,没学生了。”

白方礼喃喃地说:“这教室太破了,娃儿们怎么上学?”

“可不是嘛,上课时我们都怕刮风下雨,去年有间教室就被刮倒了,幸亏屋里没学生,不然就酿成大事故了,现在我们索性把学生们都

白贾村“白氏家谱石”

放假回家。”中年人接过话茬儿时也感慨着。

白方礼突然问：“要修缮这些教室、购置好课桌椅，大概要多少钱？”

中年人眼前一亮，他以为眼前的这个老人是个微服私访的老干部，但看看眼前的这老头儿，衣着寒酸，脸色瘦削黝黑，怎么看都不像个老干部，他的眼光又随即暗淡下来道：“估计得要五千块钱吧，这对我们来说可是天文数字啊……”

“好，我回头就给你们捐五千块钱，你一定得把村里的娃儿们教育好！”白方礼说得掷地有声。

那个中年人以为自己的耳朵听错了，他不相信地反问：“您说您要捐五千块钱？”

“是的，我五天后就会把钱送来。”白方礼凝重地加重了语气说，“我叫白方礼，就是从白贾村走出去的，在天津蹬了大半辈子三轮车。我说话算话，你们就等着吧！”

说完，白方礼转身走了。他渐行渐远的背影在中年人的眼中愈来愈高大……

3

【校长接过这些钱时，一时还以为是在做梦，白方礼催他点钞，他因一时激动，清点了几次才数清了，整整五千元，一分不少！】

夜凉似水，一轮皎洁的明月高挂天际。白方礼躺在木板床上辗转反侧，向来倒下就能睡着的他这一夜却失眠了。

白方善蹑手蹑脚地走进房间，他手里捧着一床薄被，准备给白方礼盖在身上。虽是初夏，白天的温度能热得人喘不过气来，但太阳一落山，温度就会骤降，十多摄氏度的温差容易让人感冒，何况是一个七十多岁的老人呢。白方善刚走到床边，白方礼突然睁大了眼睛对白方善说："二弟，我白天跟你说的事情，你觉得咋样？"

白方礼小学(原白贾村小学)学生放学图

白方善是白方礼的亲弟弟,兄弟俩感情一直很深。白方礼独闯津门时,白方善就留在白贾村照顾二老。亲兄弟俩见面次数不多,几十年中,也仅是白方善到天津时与哥哥见过面,白方礼对未能照顾弟弟一直愧疚于心,这次回乡,他本打算回归“田园”,与弟弟共度余生,然而,他做出捐款的承诺后,他的这一梦想就改变了。

白方善见哥哥没睡着,他索性摸出火柴,点亮了屋角柜子上的煤油灯,对白方礼说:“哥,你今天遇到的那个人就是小学的李校长,你捐款的消息很快就在咱村里炸开了锅,大伙儿都在议论这件事。”

“喔,大伙儿倒是议论的嘛?”白方礼来了兴致。

白方善犹豫了一下,说道:“有些人议论你在城里挣了不少钱,钱多得花不掉了,所以想着给家乡的学校捐款;有些人说你回乡来摆谱、说大话了,根本不相信你能捐出钱来……”

白方礼听出来了,村民们对他的承诺能不能兑现都打着问号。这也难怪,改革开放以后,城乡的生活条件虽然好转了,但当时大多数农村还在温饱线上挣扎,这五千块钱是多少乡亲想都不敢想的数字啊!

白方礼听完弟弟的话后,他敛气凝神,反问白方善:“二弟,哥哥的性格你一定了解,我肯定是说到做到的人。旧社会时,咱穷人们根本没学上;咱新中国成立初期,党让穷娃子们都有学上了,可一场‘文化大革命’又折腾得娃儿们没法上学;好不容易国家改革开放了,但娃儿们还是没办法上学。咱扳指头数数,这么多年来,咱村里考上大学的就那么几个,我看着心疼哩。”

白方善眼里晃着白花花的泪水,他激动地抓住白方礼的手说:“哥,啥也不说了,我坚决支持你,但侄女侄儿们要是反对咋办?”

“他们不会反对的,我做他们的工作。人要将心比心,当初我供他们上了学,他们都有了一技之长,总不会看着白贾村的后辈们没学上吧。”

第一次捐款后，白贾村党支部、村委会暨白贾村小学师生向白方礼夫妇敬赠“德高望重”牌匾。(白国富 提供)

玉兔西斜，东方已经露出了微白的曙光，弟兄俩依然促膝长谈着。白方礼看着天色渐渐亮了，他索性不睡了，披衣起了床，对白方善说：“我今天就得赶回天津，事不宜迟，钱早一点儿到位，娃儿们就早一天有学上。另外，你想法通知一下国然，请他抽空陪我一起把钱取过来。”

白方礼所说的国然是白方善的大儿子，他是天津大学 20 世纪 60 年代的毕业生，一直在外地油田工作。白方礼对这个大侄子特别看重，遇事时总喜欢和他商量。

几天后，白贾村突然轰动起来了。白方礼果然把五千块钱捐给了村小。有了这笔钱，冷清的学校开始购砖瓦、修教室、做桌椅，村里的孩子们像过节一样，个个喜笑颜开，他们奔走相告：“白大爷给咱们学校捐钱了，咱们又有学上了……”

官厅乡与白贾村本来商量着要搞一个隆重的捐赠仪式，但被白方礼一口否决了。捐款那一天，白方礼除了告诉特地从外地赶回来的侄儿白国然外，其余的任何人都没有告诉。他们两人悄悄地来到学校，打开了用手帕紧紧包着的一沓钱，十元面值的纸币占了大部分，另外还有不少角票与分票。

李校长接过这些钱时，一时还以为是在做梦，白方礼催他点钞，他因一时激动，清点了几次才数清，整整五千元，一分不少！

李校长收下了钱后，白方礼如释重负地舒了一口气，他急着要赶回天津，乡政府的领导和村干部们随后闻讯赶来，他们硬拉着老人要他吃顿饭后再走，但白方礼却坚决辞谢道：“你们不要谢我，我这钱也是多亏党的好政策才攒下来的，你们把娃娃教育好，让他们成才，这就是对我最好的报答了……”

那年代，相对于“面朝黄土背朝天”的农村人来说，白方礼在城里干着迎来送往的活儿，也算见过大世面。他并没有因这一次捐款将自己的善良一次性挥洒聊以自慰，而是从那时开始，他迈开老迈的双腿，开始了感动中国的爱心长征。

4

【他拈拍车座，自言自语道：“老伙计，为了那些娃儿有学上，咱们哥儿俩又得合作了！”】

白方礼向白贾村小学捐款后不久，他就收到了一封信。信中写道：

白爷爷您好，我是白贯村小学五年级的学生，在您的资助下，我们重又坐进了窗明几净的教室，我们都十分珍惜这来之不易的学习机会，班上的同学们都在你追我赶地开展学习竞赛，我现在的成绩也提高得很快。我还参加了乡里的数学竞赛呢。那一天，我到乡小学去竞赛时，别的学校的学生听说我是来自白贯村小学时，他们都羡慕我，他们告诉我，他们的教室跟我们学校以前差不多，但一直没能改善，尤其是乡小，教室更是破旧，对比他们的环境，我们显然是好多了，白爷爷，请您放心，我们一定会用功学习，学好本领报效祖国……

这是白贯村小学的一位小学生写给白方礼老人的一封信，老人不识字，读信的任务自然交给了儿子白国富。儿子读完后，白方礼却久久无语，他静默地坐在那儿出神，白国富不解地说："爸，孩子们报喜来了，你应该感到高兴啊！"

"高兴？信里不是写了还有很多学校教室破旧、条件不好吗？我听得心里沉甸甸的，咋能高兴得起来？"

"爸，您该捐的钱已经捐出去了，可全中国那么大，要改善办学环境的学校多着呢，您哪能顾得过来？"

白国富的反问再一次让白方礼沉默了。老人不停地摆弄着手中的茶杯，过了良久，他把茶

白方礼手捧来自家乡的牌匾，在三轮车前留影。(白国富 提供)

杯往桌上一搁道："这些娃儿们耽搁不起啊，我就是力量再小，也要尽最大的努力去帮助他们，让他们重新走进课堂，能有一个好的环境供他们读书！"

白国富像看着外星人一样看着父亲，他吃惊地说："可……可您哪来那么多钱资助呢？"

"我不是还有退休工资吗？还有，你别看我今年73岁了，可我的精力、体力还都不错，我干脆再去骑三轮车，给娃儿们挣学费去。"

白方礼的话让白国富吓了一跳，一个七十多岁的老人，还要再去蹬三轮车，这简直是天方夜谭！白国富还要劝阻，白方礼却已下定了决心，他自顾自地站起身来，转身出了门。

白方礼出门后，他溜达到抗震里附近的天津市第十八中学，径直走进了传达室。传达室里正有一个中年妇女在分发信件，她抬头看了白方礼一眼后问道："大爷，您要找谁？在这儿先登记一下。"

白方礼却把她递过来的纸笔一推，笑着问："我谁也不找，我就是想了解个情况，你们十八中有没有上不起学的娃儿？"

白方礼的三轮车（白国富 提供）

那中年妇女一听，停下了手中的分发活儿，她上下打量了白方礼几眼，不解地问："大爷，你问这干啥？"

"不干啥，我就是想了解一些情况，要是有上不起学的娃儿，我可以联系人帮助捐款。"

那中年妇女从老人慈善的笑容中看出他不像是在开玩笑的样子，随即认真地答道："贫困学生哪所学校里都有，有的供不起学费,有的买不起书包文具,听说大学里还有很多贫困生一天只吃两顿干馍,每天都过着半饥不饱的生活呢,还有的肚子实在饿得慌了,就到菜场捡烂了的白菜帮子呢……”

白方礼皱起了眉头,他担忧地说:“正在长身体的时候,吃这么少哪成,这样下去,学习也搞不好,身体也很快就会垮掉呢。”

“可不是嘛,”中年妇女也跟着感叹,“要是有好心人资助他们就好了,多供一个学生也许就是一个栋梁之材啊,可不能被没钱上学给毁了。”

当天,白方礼到几所学校转了一圈,大体上已了解了一些情况,他没想到学校里会有这么多的贫困生,往家走时,他的心里压上了一块巨石,沉甸甸的。

折进院子时,白方礼没有直接进门,而是拐到了院子里的一侧,那里停放着他的“老伙计”—— 一辆破旧的人力三轮车。白方礼走过去,他轻轻掸去上面的积尘,又转动了一下链条,试了一把刹车,一切如旧,他拍拍车座,自言自语道:“老伙计,我虽然七十多了,但全身没啥零件是坏的,为了那些娃儿有学上,咱老哥儿俩又得合作了!”

说着,他轻摇了一下车铃,清脆的铃声响彻了小院,似乎在回应着他。

5

【那些因锈迹而发黄的地方,经机油一擦,变得乌亮起来,而那些没被锈迹浸渍的地方,经过机油的洗礼,愈发锃亮。】

三只车轮的钢圈早已锈迹斑斑,固定轮圈的辐条有的锈得找不出一块光亮的地方，有的半锈半亮，那是后来换上的辐条。整个车身也爬满了锈迹，唯独两只车把手却磨得锃亮，那是两只手天天握着打磨出来的光泽。三轮车坐垫上的弹簧失去了弹性，车垫是用布包着的，原先的坐套早已经磨破被更换了。紧靠其后的一排座椅，放下时可以并排坐上两人，收起时整个车厢就可以装货。这也是这辆三轮车最“奢华”的地方，椅子是用海绵包裹而成的，布面干净、整洁，人坐上去极其舒适。

白方礼对这辆三轮车特别有感情，在他的眼中，它已不是单纯意义上的车了，而是整天与自己厮磨、风雨相伴的“老伙计”了，自从他告别货车后，这辆三轮车就与他朝夕相伴。车胎破了，是他细心地拆卸胶补；车身脏了，他就撸起衣袖细心地揩擦。它身上每一个零部件白方礼都记得一清二楚。

有一段时间，三轮车经常脱链，修了几次都未修好，白国富就劝他换一辆新车，白方礼却把两眼一瞪：“这车到我死的那一天我都不会换，我这辈子就认它了！”看着父亲对他怒目而视的样子，白国富以后再也不敢提换车的事了。

本来，白方礼打算回沧州时，这辆车也该开始休息了。可如今，为了给孩子们挣钱上学，他与他的“老伙计”又要开始新一轮的出征。白方礼找来机油，把车子彻头彻尾地擦了一遍，那些因锈迹而发黄的地方，经机油一擦，变得乌亮起来，而那些没被锈迹浸渍的地方，经过机油的洗礼，愈发锃亮。

第二天，白方礼骑着三轮车到三轮车出租管理办登记。负责登记的工作人员询问老人的年龄时，老人答 74 岁。工作人员大吃一惊，劝慰道：“白大爷，您这么大的年龄还要蹬三轮车，体力跟得上吗？”

白方礼笑道：“小伙子，大爷虽然老了，但还没到不中用的时候，我蹬了一辈子的三轮车，有的是力气，年轻人也不一定能赶上我哩。”

工作人员接着又问:“您出来蹬三轮车,您家里人同意吗?”

白方礼摇摇头,不过他立马表态:“我做嘛事儿我自己做主。”工作人员见他家里人不同意,就建议他回去征求一下家里人的意见。可白方礼却把头摇得像拨浪鼓:“不要征求他们嘛意见了,我蹬三轮车是挣俩钱去支教。”

“支教?”工作人员一头雾水。

“是的,支教。”白方礼肯定地重复了一遍,然后将准备蹬三轮车挣钱支教的前因后果和盘托出,那名工作人员听后,十分感动。在老人的一再要求下,他含着泪给老人的三轮车办理了营运证——出租 37 号。拿到营运证和牌照后,白方礼兴奋不已,一路哼着小曲儿回到家。

听说父亲 74 岁的高龄又要开始蹬三轮车,他的两个女儿白涣义、白金凤及两个女婿都慌了神,自从上次“捐款风波”发生后,他们本就有些耿耿于怀,但捐也就捐了,以为钱都捐光了,老人也就能安稳下来,他们真心期望老爷子能安安稳稳地度过余生,他以前吃过那么多苦,现在也该是享受天伦之乐的时候了。但没想到老爷子却不安分,将全部的积蓄都捐出去了还不算,还要骑三轮车挣钱继续捐款。

不久,白金凤就在街头看见年迈的父亲正

白方礼老人的儿子白国富向孩子们展示父亲的三轮车。（白国富 提供）

在吃力地蹬车。看着那身影，白金凤心里的滋味真是不好受，她赶紧上前劝阻："爸，日晒雨淋的，别人看着还以为你是个无儿无女的孤老头，你这样做到底为了啥？"

白方礼却把头一昂道："你甭管，别惦记我，我挺好的。我这样活着，我觉得特自在。"

白金凤在街头拗不过父亲，她约来大姐，她们结伴来找白国富"兴师问罪"，矛头直指白国富，责怪他不该同意父亲去蹬三轮车。白国富一脸委屈地说："爸爸的脾气你们也知道，他自己决定下来的事，我们能有几次是驳回的，我当然是不同意他再去蹬三轮了，可我劝得住吗？"

这倒是实情，白涣义与白金凤哑住了，她们对视了一眼，转换了语气对白国富说："你能不能想办法阻止爸爸呢？要不我们把他的那辆三轮车藏起来，他没有三轮车，就蹬不了车，也许，刚开始爸爸会发脾气，但我们都要顶着，反正我们是为了他好，等到火气发完了，这事说不定也就过去了。"

这倒是个好主意，姐弟三人商定后，就由白国富来负责执行。为了保密，白国富连媳妇许秀芹都没有告诉。

次日一大早，天还没有全部亮透，白国富还未起床，就传来了一阵急促的敲门声，接着传来白方礼焦急的声音："国富，国富，我那辆三轮车呢？我的三轮车咋不见了？"

白国富装着慌乱的样子，衣服也没有穿齐整就开门道："爸，您那三轮车不是一直锁在院子里吗？怎么会不见了呢？会不会被贼偷走了……"

白方礼神情沮丧地说："这车也值不了几个钱，就是放到大街上也没人会偷。"

"小偷不偷，可一些拾荒的人说不定把它弄走了，卖到废品站还能卖俩钱呢！"他这么一说，白方礼更是急得如热锅上的蚂蚁："在这节骨眼儿上,车子却没了,我拿嘛去挣钱啊?”

白国富心里暗自得意,他不动声色地说:“爸,您那么大年纪了,还去挣嘛钱,不知道的还以为我们虐待您呢,车子没了就没了,也值不了几个钱。”

白国富说完后,却久久未能听到父亲的回音,他偷偷用眼光扫视了一下父亲,却看到父亲正坐在一张椅子上抹眼泪。在白国富的记忆深处,父亲一直是要强的人,白国富几乎从没见过父亲掉过泪,可是丢失了一辆三轮车,父亲的坚强却崩溃了,他看到了父亲脆弱的一面,感到一阵心酸,真想把真相告诉父亲,但想到和两位姐姐的约定,他还是硬生生地把快到喉咙口的话咽了回去。

三轮车不见了,白方礼第一次变得无精打采起来,他几乎到了茶饭不思的地步,人也变得极其沉闷,经常坐在院子里发呆。有一天,白方礼躺在床上突然说起了胡话,还发起了高烧,儿媳妇端饭喂他,可他吃了两口就又吐了出来。许秀芹心慌了,她与白国富商量道:“那辆三轮车就是咱爸的命根子,现在不见了,爸这是禁不住打击病倒了,心病还得心药治,你干脆去悄悄买一辆旧三轮车,回头就说是三轮车找回来了,把咱爸哄开心了再说。”

白国富不好再瞒许秀芹,他只好把实情告诉了她,许秀芹听后大惊,她正色地对白国富道:“咱爸的脾气倔,你们这样做,要是让他知道了,他一定会火冒三丈,到时你们姐弟仨儿吃不了就得兜着走。他要是对哪件事上了心,那可天天记在心头,你别指望着他能忘掉这件事,说不定会一直缠着他,到最后真能把他逼疯呢。你赶快把车给他找回来!”

这些天,白国富天天注意观察着白方礼的神情变化,真如许秀芹所说的那样,他真担心这样下去的后果。经过再三权衡,当天晚上他就把偷藏起来的三轮车推到了院子里。

蒙在鼓里的白方礼还以为是小偷又把车还了回来,他一看到三轮车,病就全好了,从床上一跃而起,差点儿兴奋得跳起来,三步并作两步扑到了车子的跟前,轻抚着车身道:“老伙计,你离开这么长时间,可真把咱想死了。”

看着父亲兴奋的样子,白国富的眼眶也红了起来。过了些日子,儿女们策划偷藏三轮车的事最终还是没瞒过白方礼,他知道真相后,把几个儿女们召集过来,指着三轮车对大伙儿说:“从今儿起,我正式宣布,这辆车就是我的儿女,你们谁也别打它的主意,不然,我跟你们没完!”

几个儿女都缄口不言,他们都知道老爷子说到做到,以后,不管在什么时候,再也没人敢打他三轮车的主意了。

第三章
独闯津门,旧中国的悲凉呐喊

1

【这两个人如果再不吃顿饱食,准得饿死,咱家再穷,可礼义上不能穷。】

文有太极安天下,武有八极定乾坤。

这句诗赞的就是河北沧州。

沧州,中国武术发源地之一。深受民众喜爱的八极拳创建者就出在沧州的孟村。沧州武术起源于隋唐,盛于明清。千百年来,沧州武林精英荟萃,豪侠云集,形成浓厚的习武、尚武民风。源起或流传沧州的门类、拳械达52种之多,占全国129种门类、拳械的40%。1992年,沧州市被国家体委首批命名为“武术之乡”,成为全国第一个获此殊荣的地级市。

但翻开沧州的历史,却感受到沧州“武术之乡”的荣耀下钤印着一部血泪史：沧州，因沧海而得名，地处渤海之滨，东临渤海，北靠京津，与山东半岛及辽东半岛隔海相望。该地曾是贫瘠荒凉之处和犯人发配之所。古往今来，沧州战事频仍，生灵涂炭，非尚武不可图存。历史上，沧州一带为南北水旱交通要冲，是官府豪富走镖要道，故沧州镖行、旅店、装运等行业兴盛。清末“镖不喊沧州”，已为南北镖行同遵之常规。

白方礼老家的旧时土屋

1913年6月17日(农历五月十三)，一声响亮的男婴啼哭声打破了白贾村的安静。这个偏僻的小村地处沧州西部，由于饱受战乱，内忧外患，整个村子显得异常萧条，给人一种死气沉沉的感觉。男婴的响亮啼哭声震醒了暮色中的村庄，不光给白家带来了生机，也让整个村子感受到了生机。年轻的父亲白义真手抱男婴，乐得合不拢嘴，他按照白家的取名排序，给婴儿取名为白方礼，蕴含修身、明礼、立德之意。

沧州白家源远流长。据《白氏家谱》记载，明永乐二年(1404年)，白氏东支始祖白庆昌、西支始祖白福清分别由山西洪洞县大白家庄和山东寿光大白家庄随龙而北(指随着皇帝向北方迁都)，为宦燕京。白庆昌来此立村，白福清也相继迁来。村里当时也集聚着几户贾姓人家，于是村名就以白、贾两姓取名为白贾家村，后简称为白贾村。

白庆昌、白福清在明朝时任过何种官职，《白氏家谱》中未曾记载，笔者就此询问过白氏后人，他们对此也无法作答。据笔者查阅有关资料，明朝永乐年间在位的皇帝是明成祖朱棣，他是明朝开国皇帝朱元璋的第四子，他 11 岁被封为燕王，17 岁迎娶徐达长女，21 岁就藩于北平（时称燕京）。40 岁以“靖难”名义兴兵，四年后从他的侄儿建文帝手中夺得了大明江山，成为明朝的第三任皇帝。

明朝的开国皇帝朱元璋夺得天下后，将首都定在金陵（今南京），朱棣即位后，于永乐二年迁都燕京（今北京），由是观之，《白氏家谱》所载：“白庆昌、白福清随龙北上”，便是指他们是在朱棣迁都时的有功之臣，迁都后就在京城任职。但后来为何要到沧州立村呢？要解开这个谜，还得回到本章开头部分对沧州的介绍。俗话说“伴君如伴虎”，朱棣又是个出名的“马上皇帝”，生性多疑，在他手中，滥杀了许多无辜的忠臣、百姓。在这样的高压态势下，白庆昌、白福清看透宦海风云，辞官避祸于沧州，也属情理之中。

白贾村几经兴衰，至清中叶已发展成上千人的大村，但清末民初，战乱不断，白贾村也卷入旋涡，到白方礼出生时，白贾村的男丁们大多被军阀抓壮丁入伍，地里所产的粮食也在兵荒马乱中被抢掠，整个村子已经穷得“叮当”作响。

穷人的孩子早当家，白方礼 7 岁时，父母又生下了弟弟白方善，照顾弟弟的重任自然落到了白方礼的身上。他七八岁时，就一边带着弟弟一边跟着父亲下田劳动，面朝黄土背朝天，日出而作、日落而息，但所有的收获却无法果腹。有一次，家中缺粮了，白方礼一家人几天粒米未进，母亲已饿得全身浮肿，白方礼不解地问父亲：“爹，为啥咱们不停地干活，却连肚皮也填不饱呢？”

父亲白义真无法作答，只有不停地叹息。是的，这个问题不光白义真无法作答，在封建王朝统治下，中国的老百姓都有着这样的遭遇，答案却一直未能解开。几亩薄田，租子要交，杂捐苛税要交，再加上天灾人祸，除了官僚、军阀、地主家粮食堆积如山外，普通百姓家哪家还有余粮！

尽管家里穷，可白义真却生性乐善好施。有一年，白方礼家来了两个乞丐，看他们走路有气无力的样子，白义真立即把他们招待进家门，让妻子给他们煮饭，把家中所有的稻米全用上了，煮了一锅稀饭，看着他们狼吞虎咽的样子，白方礼待在一旁直流口水，这些粮食父亲一直藏着，他们平时就吃地瓜充饥，可两个毫不相干的乞丐，父亲却让他们一下子把存粮吃光了。等他们走后，白义真语重心长地对白方礼说："这两个人如果再不吃顿饱食，准得饿死，咱家再穷，可礼义上不能穷。"

父亲的话如甘泉般注入白方礼的心底，在此后的人生中，他每遇到重大的波折或做出重大的捐款决定时，眼前都浮现出父亲教诲时的场景。

2

【我开个平价包子店，做包子专门卖给咱穷人，至少还让人有个活路呢。】

"卖包子，刚出笼的白面包子。低价卖喽。"

这独特的吆喝声，吸引住过往行人的目光。卖包子的是一个身高一米七的小伙子，摊子就摆在沧县的一个小巷口。其时正是20世纪20年代末期，清王朝在洋人坚船利炮的攻击下，在国内风起云涌的风潮中，早就谢幕了。进入了民国时期，但人民依然生活在水深火热之中，军阀混战，民不聊生，再加上一些地主老财囤积居奇，粮食价格贵得惊人，可在这样的大背景下，却还有人以接近成本的价格卖包子，自然引来了抢购的"风潮"。

这个卖包子的小伙子就是白方礼，在家种地的他怎会又卖上包子了呢？这话还得从他与一个靠乞讨生活的流浪汉的交往说起——

青年时期的白方礼（白国富 提供）

1928年3月，新麦子还青嫩在地里，家中的存粮早就见了底，青黄不接时，常有人跑到白贾村来讨饭。有一天，白方礼正在地里干活，突然看到不远处的一块田垄里躺着一个衣衫褴褛的汉子，看他奄奄一息的样子，白方礼急忙把他扶回家，又找了几块地瓜干给他充饥。腹中有了食，汉子也有了精神，他告诉白方礼，他是从邻近的青县逃难出来的，已经有好几天粒米未进了，实在饿得慌了，就剥树皮、刨草根来充饥。

白方礼不解地问："你们那儿不也有地吗？即使自己没地，也可租田种啊，农民只要有了地，总不至于如此落难吧！"

"地都掌控在地主手中，我们租他们的地种，还没出苗，他们就逼着收租子，收不到租子，就到家里来抢，看到什么抢什么，我们哪还敢种地呀。"

"没地种，卖苦力挣钱也能混碗饭呀。"白方礼依然不解。

汉子苦笑了一下道："这年头，粮食比金子贵重，就是做苦力攒点儿钱，可到哪儿去买吃的呀，满大街都是那些有钱人开的店，卖的东西价格奇高，我们买不起呀……"

白方礼沉思了片刻道："我看现在像你这样逃荒的人不少，如果我开个平价包子店，做些包子专门卖给咱穷人，至少还让人有个活路呢。"

有了这个想法后，白方礼就开始付诸行动。幸好家中有几亩薄田，麦子收上来后，白方礼就与父亲商量，征得父亲的同意，自家的麦子不交租,而是以做苦力的方式来偿还地主的租,然后把这些麦子磨成面,并且向一些家底较好的人家赊欠了面粉,经过一番张罗,白方礼的包子铺终于开张了。

开了包子铺后,白方礼每天天不亮就得起床蒸包子,每天晚上要磨面、发粉,一天只能睡两三个时辰的觉,幸亏他年纪轻,身体较为壮实,还能扛得住。他卖的包子货真价实,对于有购买能力的人他适当赚取一些利润,对于那些根本没钱或用麦子来换包子的穷人,白方礼要么是半卖半送,要么干脆分文不收,赊给他们,当然这账一赊出去就可能有去无回,并不是穷人们赖账,而是委实付不起钱啊。

如此一来,别人开店设摊能赚钱,白方礼却经常亏本,包子铺经营了不到一年,那些好心赊给他面粉的人家看他没有"生意经",都纷纷终止了与他的合作。没有了面粉,巧妇难为无米之炊,他的包子铺再也开不下去了。

包子铺关门后,白方礼又贩卖起了糖豆,结局与包子铺一样,赚钱的生意做得不多,赔本的买卖却干得不少。白方礼年纪轻轻却负债累累,当地那些被他"抢"了生意对他心怀不满的好事者还编了一个顺口溜"送"给白方礼:

> 白方礼,蒸白馍,别人赚钱他白忙,别人吃馍他吃糠,难做生意净傻样。

一时间,白方礼在沧县"傻"出了名,白方礼对"傻帽儿"这个绰号倒无所谓,但他的父母却急坏了。家里穷,再加上他的这个名声,还有哪个姑娘敢嫁他哟。父母虽然托了不少媒人,但姑娘家一听说是那个被人称作"傻帽儿"的白方礼,头都摇得像个拨浪鼓。有些人家一听说是给白方礼提亲,就把媒人往外赶,边赶边说:"闺女嫁给这个不会过日子的‘傻帽儿’,今后西北风也没得喝嘞。”

看着白方礼一天天长大,与他同龄的小伙子都结婚成了家,父母急得团团转,母亲含着眼泪对他说:“儿啊,你别在外面瞎折腾了,再这样折腾下去,你一辈子都得打光棍。”

白方礼却不以为然地说:“我总不能眼睁睁地看着那些没饭吃的人饿死吧,你们不是常对我说,救人一条命,胜造七级浮屠嘛,这两年,我虽然吃了不少苦,不光没赚到钱,还欠了一身债,但我觉得做得值,即使为此打光棍我也乐意,我欠的债我会想办法还上,不用你们操心。”

母亲无言以对,只得偷偷地抹眼泪……

1940 年,媒人出人意料地给白方礼提到了一门亲,女方的家长放出话来:“只要男方肯干活,老实本分,我们就可把闺女嫁过去。”

媒人介绍的是邻村的姑娘洪德明,与白方礼年纪相当。白方礼的名字她早就听说过了,她对这个“奇人”倒是充满了好奇心,在媒人的撮合下,他们终于开始相亲了。相亲那一天,白义真向本家兄弟借了一套体面的衣服让白方礼换下身上的那套破衣服,但白方礼却不肯穿,他坚持穿着破衣服相亲。父母拗不过儿子,只得由着他,母亲在女方来相亲前还不住地求神祷告。

父母之命、媒妁之言,这是旧时谈婚论嫁的规矩,男女双方在婚前几乎难以见面,但相亲的那一天,洪德明坚持要跟着父母来,幸亏她的父母还算开明,也就把她带上了。到了白方礼家时,见家徒四壁,比想象中的还要差,但白方礼的老实本分却符合洪德明一家人的要求。

洪德明的父母在“考证”白方礼时,白义真夫妇朝他直挤眼,那意思是让他拣些好话说,但白方礼却清了清喉咙坦率地说:“这两年,我卖过包子和糖豆,由于专做穷人生意,不光没赚下钱,还欠了不少债,咱家的情况你们也看清了,你们家闺女要是嫁给我,肯定得受苦,你们还是慎重考虑一下吧。”

哪有这样回话的,白义真气得脸色铁青,老伴儿也羞愧得把头低了下来,在他们看来,这门亲事保准泡汤,然而事实却向着他们意想不到的方向逆转,洪德明的爹冲着白方礼笑着说:“小伙子,你的事我过去听过不少,在来之前,我就在心里合计,要是你讲假话,我家闺女反而不敢嫁给你,但你却讲了真话,虽然出乎我们的意料,但也印证了我们起初对你的看法,你这个小伙子人坦诚、心肠又好。再者说,天下到哪儿都有不少穷人,我们都是穷人,都能体会到穷人的难处,但我们也坚信一条,只要有两只手,两条腿,能踏实肯干,天无绝人之路,总会给你一个饱肚子。你是好样的,我们闺女嫁给你,我们也就放心了。”

没想到一场风险这样轻而易举地被化解了,白义真夫妇真有因祸得福的庆幸。白方礼不由得对这未来的岳丈也投去了钦佩的眼神,他也注意到,在一旁一直低着头不说话的洪德明也在时不时地偷看他,当接触他的目光后,这个秀气的姑娘立即把头埋得更深了,脸上飞起了两朵红霞……

亲事定下来了,双方约定了黄道吉日,白方礼与洪德明举办了简朴的婚礼。结婚那一天,他们也没惊动亲戚,不是不想惊动,而是他们实在拿不出像样的饭菜来待客。洪德明过门后,他们往锅里多加了一把米,将稀饭煮得比平常黏稠些,就算是招待新人的佳肴。

新婚后,白方礼又喜又愁,喜的是终于结婚成了家,愁的是再也不是“光棍炒饭,一吃门一关了”,家中多了人口,将来还得生小孩,没个收入来源可不行,可干什么能挣钱糊口呢?这时他看到村上有不少壮劳力都到几百里以外的天津卫去做人力车夫了,听说活儿虽苦,但总算能挣到钱,白方礼不由得动了心。

3

【在城里，有很多坐“霸王车”的，你得小心提防着点儿。】

云在风中穿行，风在云中嘶吼，雨疾如鼓点，声声叩击着苍茫大地，激起了漫天烟尘，眼前的世界混沌不清，路道街巷已经难以分得清了。

“先生，雨太大，咱先找个地方避避雨，等雨小了，我再送您。”

白方礼在雨中拉着人力车，浑身已经透湿。正是晚秋时分，秋风萧瑟，秋雨冰肤，白方礼雨前一路狂跑积下的热量早已被秋风秋雨搜刮得一干二净，他冷得浑身发抖，实在扛不住了，不得不乞求车上的客人暂时避一会儿雨。

坐在车上的是个白胖汉子，他伸出手把车前的挡雨帘拉得更紧，不耐烦地吼道：“想不想要钱了？老子有急事，你得给我拉快点儿。”

在白胖汉子的催促下，白方礼只得硬着头皮继续在风雨中穿行……

1944年春，31岁的白方礼踏进了万花筒般的天津城。天津是一个充满传奇色彩的城市，本名叫天津卫，仅就字面而言，“天”是天子的意思，而“津”是指渡口的意思，“卫”是明朝的军事建制。当时天津设有天津卫、天津左卫、天津右卫，统称三卫。至今人们经常提到的“天津卫”一词，就是由此而来。

自从白方礼闯入天津城后，就在此生活了大半辈子，他人生的三分之二的时间是在此度过的，在此，笔者有必要费些篇幅对这一城市进行一番叙说，以给读者留下更深的印记。

说起天津卫的起源，还是与明朝永乐皇帝朱棣有关。从秦汉到宋元，历代王朝在天津地区（当时名为直沽）挖渠开河，运粮建寨，设官建制，发展渔盐业生产等活动。由于金、元两朝建都北京，天津地位日显重要。但是天津作为一个具有完整意义的都市却是从明朝开始的。

1402年，朱棣即位，是为明成祖，年号“永乐”。为了纪念开始发兵的“龙兴之地”，朱棣把“直沽”这个“天子渡河之地”赐名为天津。天津得到赐名后，于同年设置了军事部门。在军事部门设立的同时，天津卫也开始了筑城建设。初建时的天津城其实是个土城，这座土城周长九里多，城高3丈5尺，宽2丈5尺，城的形状是东西长、南北短，很像一把算盘，所以当时人们也把它称为“算盘城”。

中华人民共和国成立前的天津站

1860年天津开埠，到了民国初期，天津城已经是一座经贸繁荣的大城市了。白方礼风尘仆仆地跑到天津谋生，天津也以她特有的开放包容收留了这位风尘中的游子，白方礼成为河北区三马路东兴里人力车夫。有货时拉货，无货时拉人。人力车夫靠的是脚力，按照旧时的行规，客人上车后，人力车夫就得健步如飞，穿堂过巷，这样才能讨得客人的欢心，拿到赏钱。

白方礼第一天干活就遭遇一个“下马威”，他拉了一个商人到西元里，由于他刚入行，路还不太熟悉，再加之他没有掌握拉车的技巧，到西元里稍晚了一些，那个商人很不悦，黑着脸下了车，钱也不给就朝一家饭馆里走去。白方礼追上去要钱时，那人双眼一瞪："你掩了老子的时间，我还没找你赔损失呢，还不快滚！"

白方礼特别委屈，但在人海茫茫的天津，举目无亲的他倍感孤独无助。后来与同样拉人力车的同行混熟了，他们告诉白方礼："在城里，有很多坐'霸王车'的，你得小心提防着点儿。"

"霸王车？"白方礼没听懂。

有好心人解释道："就是那些带枪的大兵，还有日本人，与日本人打得火热的中国人，这些人点了你的车，你还不能拒绝，还要好声好气地服侍他们，把他们送到地儿了，你还不能张口要钱，他们给你钱你也别要。"

"给钱为嘛不能要？"

那人苦笑了一下道："你以为他们真给呀，他们这是既要做婊子，又要竖牌坊，你收下了他们的钱，他们保准想办法让你加倍吐出来。"

白方礼听得毛骨悚然。难怪刚入行时，有很多有钱模样的人坐车不光不给钱，要是拉得慢了，或是主动伸手讨钱，轻的就会遭到一阵臭骂，重的扬手就给你一耳光。有一次，他拉着一个日本人穿过一条闹市时，由于街上人多，堵车了，那日本人可不管，对着白方礼的屁股连踹了几脚，嘴里还在"八嘎、八嘎"地哇哇乱叫。

白方礼对惨无人道的日本鬼子早就恨之入骨，可自己势单力薄，胳膊再粗也拧不过大腿，他只能恨得牙痒痒的，看着他们得意扬扬扬长而去的背影骂一声："狗娘养的，你们迟早要遭到报应的！"

拉车如风，全靠脚冲。一般有经验的人力三轮车夫身上的衣服不讲究，可对一双脚板儿却全力呵护，即使再穷也得买一双厚底儿鞋，不然跑坏了脚板儿，生意就做不成了。

刚入行时，白方礼只穿着一双草鞋，才几天下来，两只脚板儿满是血泡,一跑路就钻心地疼,血泡破了后,鲜血淋漓。可白方礼还是舍不得买一双鞋穿，挣下的一点儿微薄的钱除去自己的吃饭费用外,大部分都捎回白贾村老家,用来养家。就这样,他的脚板儿血泡破了再长,长了再破,一双脚伤得惨不忍睹。一位好心的同行实在看不下去了，将自己穿过的一双旧鞋送给了白方礼，他的脚这才少受了罪。

如今流光溢彩的天津海河新貌

独闯津门时，他身边最值钱的就是与他朝夕相伴的人力三轮车，白天他靠这三轮车拉活儿挣钱,晚上还要做几个时辰的生意,等到累极了,困得不行了,他就把三轮车往稍避风的地方一停,而后就蜷在车上打个盹儿。桥洞、弄堂口就是他的安身场所。

白方礼来到天津的第二年，他的大女儿白涣义在沧州老家出生了。刚在天津站稳脚跟的白方礼就将洪德明及女儿接到天津一起生活。妻子和女儿来津后,白方礼就在一个好心市民的屋檐下搭了个仅够支一张床的油布棚。家虽小,但毕竟有了一个遮风挡雨的地方,白方礼再不会像只孤燕到处流浪了。

4

【大哥，善有善报，恶有恶报，这天下早晚是咱穷人的天下！】

1945年8月15日，不可一世的日本侵略者宣告投降了。天津市民拥上街头庆祝，白方礼得知这一消息后，他高兴得彻夜难眠。他还把当天买米的生活费省下来去买了一串鞭炮。

可是让他意想不到的是，本来以为日本人投降了，中国人再也不会受欺负了，白方礼却感觉不到生活有什么变化，进入天津城的国民党官兵与横行霸道的日本兵相比，有过之而无不及。照样有人坐“霸王车”，照样有人对他呵斥打骂。有一次，他拉一名国民党伤兵往医院送，白方礼看那个伤兵满脸横肉，不敢招惹他，一路赔着小心地快跑着把伤兵送到了医院门外。但在下车时却出了麻烦，那个伤兵怪白方礼停车太急，弄疼了他的伤腿，他竟然从怀中掏出一把手枪对着白方礼吼道：“老子在前方打仗，回来养伤，你还这么欺负老子，老子崩了你。”

旧中国的人力车夫

白方礼吓得冷汗直沁，他

指望着站在医院门口的几个值勤的卫兵上来帮他劝一劝，但那几个卫兵似乎见怪不怪，或者是装着没看见，丝毫不理他们。而那个伤兵一边挥舞着手枪一边叫嚣："你给老子跪下赔个礼，不然老子就一颗子弹送你见阎王。"

白方礼见对方蛮横无理，他的倔劲也上来了，他大义凛然地说："我没做嘛对不起你的事，凭嘛赔礼，你坐车的钱还没给一文呢。"

那个伤兵见白方礼还敢顶嘴，气得脸上一阵红一阵白，把枪举起来，对着白方礼。正在对峙中，有一个书生模样的人急跑过来，一把将那个伤兵的枪推开，脸上赔笑道："长官，他就是一个人力车夫，不值得跟他计较，我这儿有块大洋，长官拿去喝茶消消气，您到医院是来治伤的，要是生气伤了身体可不好。"

那伤兵见有人求情，也就势下坡，把枪收了起来，接过了青年书生手中的大洋，往兜里一揣，转过脸又对白方礼说："多亏这位兄弟帮你求情，下次别再让我碰见你！"

那青年书生见伤兵进了医院，才长舒了一口气，走到白方礼身边，又掏出一块大洋说："大哥，刚才那人没给你钱，我这儿帮他垫付，你拉车不容易，说不定正等着这钱买米下锅呢。"

刚才这青年书生给白方礼解了围，非但没要自己谢他，反而还客客气气地给他钱，白方礼心里涌上了一阵感动，他对那青年书生说："我不会说客气话，大恩不言谢，以后有机会我一定会报答您，这钱说嘛也不能收。"

那青年书生却不由分说就把钱塞到了他的手中，同时压低了声音说："大哥，善有善报，恶有恶报，这天下早晚是咱穷人的天下！"

青年书生说完这些话就转身走了，白方礼手中的大洋还留着那青年的微弱体温，他陷入了沉思：到底是读书人，知书识礼啊！

5

【咱不识字,可咱识道理,不像有些人,光识字儿,道理都忘光了。这样吧,你饶了这孩子,你有多少损失我赔给你。】

天蒙蒙亮,星辉还未从天幕上撤退,嘶吼了一夜的西北风已经声嘶力竭了,它时不时地喘息着,想发起新一轮的进攻,刮得窗户哗哗作响。

白方礼早早地就起来了,刚打开门,一阵彻骨的寒意向他袭来,他冷得一激灵,赶忙把身上的破棉袄掖了掖,屋檐上已倒挂了不少冻冻丁,他伸手摘了一根,放到嘴里嚼了嚼,尽管寒气逼人,但这些冰块却让他精神一振。接着,他塞了一个硬馍在怀中,这个二两不到的馍就是他一天的伙食,然后拉出人力三轮车,走上了街头。

街上行人不多,起早的大多是为生计犯愁的穷人,有冻醒的、有饿醒的,还有愁醒的,更有的是根本就没入睡的。白方礼见天色还早,也就不着急,他一路踽踽而行,快到东站附近时,他看到一个十五六岁的少年竟然跪在一个中药铺子前,那少年冻得脸色通红,身体已经快僵硬了。白方礼急忙走上前去,想伸手去扶那个少年起来。少年目光呆滞,盯着他看了一会儿,而后摇摇头,继续跪在冰冷的地上。

白方礼早年的家庭合影(白国富 提供)

白方礼觉得奇怪,就问那少年:“你在这儿跪多久了?是不是你们掌柜的罚你跪的?”

少年点点头,而后低着头说道:“有个顾客来铺子里买茯苓,可俺掌柜的不在店里,店里就俺一人,俺不认字,错把另一味比茯苓贵得多的中药拿给了取药人,掌柜的知道后,就罚我在这儿跪一夜……”说到这儿,少年“呜呜”地哭了起来。

白方礼心酸了,他摸摸少年的手,却不是预想中的冰凉,而是发烫,不好,这孩子已经冻出病来了,如果再这样熬下去,保不准要出人命。他转身就敲打中药铺子的门,急促地喊:“掌柜的,快开门,快开门。”

中药铺的掌柜的听到打门声后,以为是来抓药的,有生意当然要做,他一边懒洋洋地从床上爬起身,一边嘟哝着:“一大早就来抓药,把好觉都耽搁了。”

打开门后,却看到面前站着一个衣衫褴褛的人力车夫,他立即投去了鄙夷的目光,不屑地问:“要抓啥药?本店概不赊欠。”

白方礼用手一指那个正用惊悚的目光盯着掌柜的少年道:“这孩子浑身发烫,快不行了,你就行行好,饶了这孩子吧。”

那掌柜的一听,差点儿暴跳起来:“你是嘛东西,敢来对我指手画脚,他卖错了药,我当然要罚他,你莫多管闲事,快拉你的车去。”

白方礼也火了,他最恨狗眼看人低的人,他抬高声音说道:“我是人,不是东西,是人就得有良心,如果没良心,那与畜生有嘛区别?”

白方礼的话说得那掌柜的脸上一阵红一阵白,他显然是有些理亏,想了半天终于回了一句:“你们这些穷鬼,嘛字都不识,凭嘛来教训我!”

白方礼冷笑一声道:“咱不识字,可识道理,不像有些人,光识字儿,道理都忘光了。这样吧,你饶了这孩子,你有嘛损失我赔给你。”

听说有人赔损失,掌柜的心头一喜,他用狐疑的目光盯着白方礼,仔细打量着眼前的这个出语不凡的人力车夫，跟叫花子没嘛两样，他能赔得起吗？这时他想到了一个“妙策”，眼珠一转对白方礼说：“我考虑你也没嘛钱，这样吧，我今天正好要往静海送一批货，你帮我送去吧，工钱就抵了赔偿的钱。”

送儿子白国富当兵前的部分家庭成员合影。（白国富 提供）

白方礼想也没想，就点头答应了。那个掌柜的这才对跪在地上的少年喝了一声：“起来吧，你小子有造化，还有人来搭救你。”

静海离市区有几十里路，由于战争不断，路面毁损严重，到处都是坑坑洼洼，车上又装了满满的一车货，行程很缓慢。车轮碾压在冰碴儿上发出喀喇喇的响声，正值隆冬，外面的气温零下十多摄氏度，白方礼只穿着单薄的棉衣棉裤，要搁在城里，几趟人或货拉下来，人也跑得暖和了，但在旷野里，四处都没有遮风的地方，他又走得慢，风像刀子一样刮割着他，他浑身就像揣了个大冰块，连呵出的气都呈现白雾状，手上被风吹裂了的口子更疼得钻心，但他还是咬着牙把这趟货送到了指定的地点。

回来的路上，天又下起了雪，雪花飞舞，白方礼深一脚浅一脚地直到半夜才到了家。到家一看，女儿在洪德明的怀中睡着了，洪德明却还没有睡，看到白方礼安全到家，她一直悬着的心这才放下。其实，白方礼每次天不亮外出后，她的心总会不由自主地悬了起来，在这兵荒马乱的年代，随时会面临着各种不测，她为他深深担忧。

她赶紧烧了热水，给白方礼烫手烫脚。白方礼看着忙前忙后的妻子，眼泪止不住就要流下，他拼命地忍住，尽量用平静的语气说："今儿个没挣到嘛钱，明儿的伙食费断了，你们娘儿俩克服一下，我明天多挣俩钱，咱们后天好好补一补。"

洪德明倒也见怪不怪地说："只要当家的能无病无灾地回来，咱比捡块金疙瘩还强！"妻子的话说得白方礼泪雨滂沱。

来天津后，洪德明本想找份工作，但女儿小，还未断奶，她只能在棚子里照顾着女儿。白方礼每天所挣的钱也只够全家人勉强糊个口，如果哪天没有了收入，第二天准得断了炊烟。白方礼为人急公好义，空手回来也不鲜见。可不管有钱无钱、钱多钱少，只要白方礼一回来，洪德明就迎上去递个热手巾给他揩揩脸，边揩边说："咱家挣钱的人回来哩，在外苦着呢！"

睡觉前，白方礼把棉袄脱下盖到了女儿的身上，自己光着身子钻进了一堆破棉絮中。想到中药铺那个少年不识字发错药而受罚的情景，以及自己曾得到那个书生模样的人帮助的情景，白方礼下定决心地说："德明，咱们将来就是再穷再累也要把娃儿们供起来读书，咱们绝不能让娃儿们跟咱们一样，再做睁眼瞎！"

洪德明一口应允道："都听你的！"

第四章
并非书香门第，却让琅琅书声恒远飘扬

1

【家中的人口多，每个月的生活费都要超支，老伴儿不得不在每月青黄不接时向邻居借钱度日，下月拿到生活费后再还上，一直借了十多年。】

海河畔的桃花盛开了，一簇一簇的，粉中带红，红中有粉，煞是好看。沿河畔走来，一缕淡淡的清香扑鼻而至。

这是自然界的春天，这是新中国的春天！

八年抗战，赶跑了日本侵略者；三年解放战争，蒋家王朝在隆隆炮声中灰飞烟灭。1949 年 10 月 1 日，毛泽东主席站在北京天安门城楼上用湖南口音铿锵宣布："中华人民共和国中央人民政府今天成立啦！"

那一刻，白方礼热血沸腾，思绪纷飞，兴奋地追随在举城庆祝欢舞的人群中，奔走相告着这一振奋人心的消息：咱们穷人当家做主人了！

当家做主，是一个很抽象的词，对白方礼这个旧社会最底层走来的人来说，这个词预示着他以后再也不会受歧视和欺负了，再也不会为有钱人当牛做马了，靠自己的双手就能衣食无忧了，幸福的生活再也不是停留在“乌托邦”上，中国的发展历史翻开了崭新的一页！

白方礼照片，拍摄于1978年。

新中国成立后，天津市河北区成立了货运小组，几年后发展成货运场。白方礼也正式成为货运场拿工资的工人。记得第一次拿工资时，数着手中厚厚的一沓钱币，白方礼心潮起伏，钱虽然比他在旧社会时挣得多不了多少，但他却感觉到了新旧社会最大的不同，新社会的钱挣得更有尊严！

白方礼的干劲更足了，“生产标兵”“先进工作者”“劳动模范”等一个个荣誉的光环频频笼罩着白方礼。在每一次的社会主义劳动竞赛中，他都能拿到奖，每一季、每一年的评比中，他都能胸戴红花，身披绶带地接受表彰。

在白方礼所获得的各类荣誉中，他最看重的是“勤俭持家奖”。中华人民共和国成立之初，满目疮痍，百废待兴，白方礼的家庭是与国家的发展一脉相通的，同呼吸、共命运。他与洪德明共生有三个子女，除了大女儿白涣义，中华人民共和国成立后，他们又生下了儿子白国富和小女儿白金凤。白方礼一人的工资要负担一家老少五口人，经济上捉襟见肘。

洪德明本来也想找份工作，但一来家中三个孩子要照料，白方礼整天忙得顾不上家,她不带孩子不成;二来她一位来自农村的文盲妇女,要找份工作谈何容易。

没办法增收,他们就只能在节流上下功夫。白方礼每天都养成记账的习惯,除了上学的费用以外,他绝不允许子女们乱花一分钱。也许有人会奇怪,白方礼大字识不了几个,咋能记账呢?其实他有他的法子,他一直用特殊的记号来记账,不会写的字就用简图来代替,他的记账本可谓图文并茂,再说那时的支出项目少之又少,因此,白方礼记这些账虽然吃力,但他还是乐此不疲。

白家在吃的方面的开支更是特别俭省。有一次,家中有客人来访,白方礼割了肉来待客,但客人却未吃饭就走了,已经煮在锅里的肉就被白方礼捞了起来,并存起来用于下次待客。由于家中的人口多,每个

白方礼被表彰为天津市劳动模范。(白国富 提供)

月的生活费都要超支,他老伴儿不得不在每月青黄不接时向邻居借钱度日,下月拿到生活费后再还上,一直借了十多年。

逢年过节时,白家也包饺子,但家人最怕白方礼掺和进来包饺子,因为他包的饺子几乎就是面皮,馅儿少得不能再少。有一回,老伴儿跟他打趣道:“你包的饺子还不如直接将饺子皮下锅省劲儿。”白方礼说:“现在国家这么困难,我们要节约,支援国家建设。”

老伴儿不服气地问:“一顿饺子就把国家吃穷了?”

白方礼答道:“要是习惯了吃好的, 以后差的伙食就吃不惯了,咱们家不能养成这种坏习惯。”洪德明争不过白方礼,索性由着他去了。

说起白方礼的节俭,他的大女婿秦志成最有感触。秦志成是天津南开大学毕业的高才生,也是河北沧州人,毕业后分配到国家商业部工作,后来又回到沧州工作,担任沧州市城建规划局局长。大学期间,因秦志成和白方礼的侄儿白国然曾是高中同学, 同在天津上大学,白国然经常带他到白方礼家中做客,改善伙食。秦志成每次来,白方礼都会嘱咐爱人多备些饭菜,还做些难得一见的荤菜。但这些菜却只有秦志成与白国然能享受得到,他们一家仍然啃着窝头。秦志成过意不去,总会把碗里的菜夹给白国富兄妹吃,但却被白方礼拦住道:“你们都是知识分子,不能怠慢了你们,他们将来成了大学生,也一样享受你们的待遇……”

后来,秦志成与白方礼的大女儿白涣义相恋。自从两人成为一对恋人后,秦志成再到白家,却享受不到贵宾的待遇了,与白方礼一家一道吃着难以下咽的饭菜。看着秦志成边吃边皱眉头, 白方礼对他说:“你做了我的女婿,就不是外人了,我们吃嘛,你也得吃嘛。”

1973 年,白涣义与秦志成结婚时,白方礼没送一分钱,他们俩借了国家商业部的一个招待所结婚,所有被褥、水壶等都是借来的。1976年,儿子白国富结婚时,白方礼也未花一分钱,其时适逢唐山大地震,他们的婚礼在抗震棚内举行。媳妇许秀芹第一次进门,吃午饭时,她就亲眼看到白方礼把剩饭当着她的面吃掉了。

小女儿白金凤与孙福发结婚时是在20世纪80年代初期,白方礼同样未花一分钱。

儿女的婚姻毕竟是大事,可白方礼的三个儿女结婚,他都未花钱。这与当时流行的"革命结婚仪式"有一定的关系,但与白方礼节俭的关系更大。有一些邻居看不过去,他们对白方礼说:"老白,结婚是人生中的大事,你再穷也得摆一桌酒席庆祝一下嘛。"

白方礼无奈地一摇头:"一个酒席赶得上全家吃一个月的生活费了,那太浪费! 两口子成了家就是过日子的,不学会节俭可不行,咱这是给他们上的人生第一课……"

一席话,说得众人哑口无言。

2

【在白方礼的一再劝说下,白国然终于动起了筷子,和着肉吞下去的,还有从他眼中滚落的泪水……】

白方礼花钱算了又算,常恨不得一分钱掰成两半儿花,可是他这个"铁公鸡"也有不惜血本大方花钱的时候——

1962年,白方礼的大侄儿白国然考入了天津大学,报到后第一个星期天就去了白方礼家。那天白方礼正好在家中修车,当得知白国然考上了大学的消息后,他兴奋不已,嘴里不停地念叨着:"好啊! 有出息! 咱家祖祖辈辈就出了你这么一个大学生,不易啊!"而后,他转过身,对白金凤、白国富他们说:"你们也要好好学习,像你大哥一样,将来考上大学,让咱们家多出几个大学生！”

接着,他边收拾着工具边对洪德明说:“咱不还有张肉票吗？都买了,咱们也庆贺庆贺。”

吃饭时,白方礼一个劲儿地往白国然碗里夹肉,一碗肉几乎都夹到了白国然的碗里。白国然脸色通红,这些肉他在乡下一年到头也吃不上一顿啊,伯父夹到他碗里的肉,他真想狼吞虎咽地吞下去,但看到同坐一桌的白涣义三兄妹几乎没夹一块肉,伯父与伯母碗里连肉汤都舍不得倒,他更不好意思吃了。

白方礼揣摩出了他的心思,他坦然地对白国然说:“国然,你是咱白家出的第一个大学生,为咱白家增了光,这一顿肉咱就叫状元肉,要是你的弟弟妹妹都考上了大学,我也会给他们买肉吃的,这肉你就自己吃吧。”

在白方礼的一再劝说下,白国然终于动起了筷子,和着肉吞下去的,还有从他眼中滚落的泪水……

吃完饭后,白国然要告辞白方礼回学校,白方礼拖出三轮车要送白国然,白国然吃惊地说:“伯父,这儿离学校也不远,还是让我走过去吧。”

白方礼附着白国然的耳朵小声说:“按理讲,伯父是要让你们这些年轻人多吃苦,多锻炼,我对你这么好,一方面你是我的大侄子,另一方面你是新中国的大学生,我没嘛文化,我能拉着你走一圈,也是给我的儿女们瞧瞧,我是尊重知识的人,给他们一个激励。”

白国然终于明白了白方礼的良苦用心,他再度放眼四周,当时伯父一家住在黄纬路东兴里, 在这个毫不起眼的两米多宽的小院子里,住了六七户人家,每户只有一居室,他打量着眼前这个只有一居室的小屋,除了床铺外,居室的一角还摆放了一张条桌,条桌上堆满了书籍,很显然,这是白方礼为孩子们设下的“书房”。

1976年唐山大地震，震波波及天津，小院子的房子全部倒塌，他们全家挤在临时搭建的防震棚里住了一段时间。后来单位建起了一幢宿舍楼，命名为抗震里，白方礼一家分到了四十多平方米的居室，全家方才住上了新房。

白方礼与儿子白国富及小女儿白金凤的早期合影。(白国富 提供)

在白国然的记忆深处，他对这个很早时就独闯津门的大伯父显然没有过多的印象，小时候虽然跟着父亲走动过，但他并没有真正了解伯父，而他刚到天津上大学，就深深地领教了伯父的品性，伯父用自己无声的行动给他上了一堂生动的人生课，他打量伯父的眼光不由得充满了敬佩之情。

那天，白方礼推着车走出了院子，他刚让白国然坐上了车，突然想起了什么，他对白国然说："你等我一下，我去去就回。"

白方礼回去后不久就拿着一个搪瓷脸盆走了出来，搪瓷脸盆看上去已经用了很久，底子是用白铁皮焊上去的，他把搪瓷脸盆递到了白国然的手中说："你没脸盆洗脸，伯父就把这个送给你，虽然旧了些，但还挺实用，你就将就着用吧。"

白国然捧着搪瓷脸盆，眼眶里盈满了酸酸的泪水。他记得刚到伯父家时，伯父就是用这个脸盆打了水让他洗脸，他洗完脸把脸盆重新放回盆架时，看到盆架上总共只有两只脸盆，另一只盆沿上的漆全部掉光了，还锈破了不少洞，大洞用锡焊补起来，小洞则直接用棉花球给堵上。而伯父却把这只最好的脸盆给了他，那以后他们全家人就只能用那只像筛子似的脸盆了。白国然正准备推托，白方礼已经骑上了车子，车子一边向前跑他一边说："国然，你好好学习，多学知识。沧州老家你节假日也不要回去了，也能省下火车票钱，节假日就到我家来，伯父家穷，但也不至于多不下你一双筷子的。"

一路上，他听到伯父的声音爽朗，而他却无言以对，他怕自己不争气的泪水会随着话语喷涌而出，搅了伯父的好兴致。在街头一处拐弯的地方，有一个熟人看到了白方礼，他与白方礼打着招呼："老白，嘛事高兴成这样？"

白方礼高声答道："我送大侄儿去天津大学，他是大学生呢！"

白方礼的话中透着骄傲与自豪，是的，受他快乐情绪的感染，那一刻，云上的丽日、云下的一切，都在含情欢笑着！

到了学校后，白方礼要回去了，他从身上掏出事先准备好的十块钱硬塞进白国然的手中，那时十块钱可买一百多斤玉米面，这可不是个小数字。他还进一步嘱咐白国然："需要钱就到家来拿，别向你爸妈要钱，他们在农村务农没嘛钱，星期天就家来。"白方礼亲昵的语气中已不把白国然当侄子，而是当成了自己的亲儿子那样看待。

他匆匆地骑着三轮车走了，从背后看去，他的身板是那么硬朗挺直，尽管骑行了不少路，但快乐的情绪似乎让他浑身充满了劲儿，他将三轮车骑得飞快，很快就消失在白国然的视线以外。

一个星期后，白国然再次来到白方礼家，伯父上班去了，大娘洪德明正在和面，她笑着说："我们已经算摸着你今天来，从你来了，你伯父出车更早了，回来更晚了，别提多有劲儿，说你爸妈孩子多，负担不了你，他要多挣点儿，供你上大学。"

白方礼用行动证实了洪德明的话。白国然每次来，白方礼都要给他零花钱，要是星期六晚上到不了家，他就不放心了，星期天准蹬着车去学校看白国然，给他留下几块钱。到换季的时候，白方礼就让爱人给他买衣服。就这样，大学时的白国然成了伯父家的一员，吃、穿、花、用都列入了伯父的预算之中。正是因为有伯父的资助，读大学期间，白国然没从父母那里要过一分钱。

有一次，白国然去伯父家时，比他小几岁的白国富悄悄地对他说："哥，爸爸对你花钱从不控制，他对我们可就抠儿了，除了金凤每天有五分钱的开支预算，其他人一分钱的零花都没有呢！"白金凤是家中最小的孩子，幼时身体瘦弱，这五分钱是"特批"给她买吃的补身子的。

白国然想了想对堂弟说："伯父很辛苦，挣的钱要养活一大家子人，如果不精打细算，日子就过不下去，你不能怪他抠门，以后你长大了，就能分担家中的负担，日子会越过越好的！"

白国富被说得心里热烘烘的，他对未来充满了憧憬之情。

白国然大学毕业了，参加完毕业典礼后，白方礼对他说："你现在毕业了，在学校也没嘛事儿，你去给我推两天车吧！"当时白国然不知道伯父的意思，他心里还想，伯父已经54岁了，会不会是蹬车吃力了，想找个帮手。

白国然答应了，那时正是炎热的夏季，酷日当空，白方礼让白国然坐在车上，到上坡时就下车，他在前边拉，白国然在后面推，从早上五点到晚上七八点钟一直在蹬车，汗水浸透了衣服，被烈日一晒，泛起了盐渍，但很快又被新的汗水洇透，一天都没有干过。中午白国然跟着伯父在树荫下啃窝头，白方礼怕他吃不下，在饭馆里给他买了一碗馄饨，他自己舍不得吃，说习惯了，白国然怎么咽得下去呢？他和伯父推让着谁也不肯吃，最后还是俩人各吃了半碗，吃完了饭，半饥半饱的他们又蹬车上路了。

晚上回到家，白国然浑身累得快散了架，白方礼问他："国然，累不累？"

"不累，您蹬一天车还不累呢，我累什么。"白国然怕伯父担心，连忙装出精力充沛的样子回答。

“顶得下来吗？”

“没问题！”

听了白国然的回答，白方礼走过去拍拍白国然的肌肉，意味深长地说：“我让你推车，不是为了我省点儿力。你大学毕业了，我想让你看看劳动人民是多么不容易，以后千万别忘本，要永远保持劳动人民的本色。”

白国然这才明白了伯父的良苦用心。他是为了教育白国然不要忘了父辈的传统，丢掉了劳动人民的品质啊！白国然投以敬佩的眼神，伯父虽然不识字，可伯父明事理，他简直就是一个出色的平民教育家啊！

3

【我能供得起国然上大学，也能供得起你们上大学，你们一定得给我上！】

狂风卷起了枯黄的秋叶，漫天的沙尘肆意飞舞，一轮残阳苍白无力地挂于天幕，时常被压顶的乌云所遮蔽，偶尔从云丛中探出半个身子，疲软无力的光线将天地渲染得混沌一片。

时光倒回到1966年，一场史无前例的“文化大革命”风暴来临了！

一夜间，天津城冒出了无数个来头不小的司令部！知识越多越反动，革命有理、造反无罪的标语四处皆是，昨天还受人尊重的教师、教授们，今天却成了人人皆可批斗的“臭老九”。

这场突如其来的大风暴，包括白方礼在内的人们都感到茫然无措。与那些被打倒、被批斗者不一样，祖辈贫农的身份让白方礼“根红苗正”,他又是从旧社会拉着三轮车过来的人,反而倍受“尊重”。一次,一个学校的造反派组织想请白方礼作为无产阶级的代表去学校批斗一些老师,听明来意后,白方礼断然拒绝道:“咱是从旧社会过来的人,吃了不少没文化的苦,如今咱们贫穷人翻身做主人了,咱们的娃儿们就得好好学习知识,不去再吃咱睁眼瞎的苦,凭嘛还要去批斗老师?”

白方礼开始捐资助教时的留影(白国富 提供)

他“不知好歹”的一番话说得那些红卫兵目瞪口呆,白方礼的一个老同事悄悄地把他拉到了一旁道:“老白,你别乱讲,小心吃苦头。”

白方礼却脖子一梗,他的倔劲儿上来了:“我没嘛讲错了的,旧社会我们吃了那么多苦,我就不信,新社会了,还有人拿咱不当人看!”

那帮红卫兵最后还是碰了一鼻子灰走了。当然,他们请不动白方礼,但自有人识“抬举”,要不是白方礼的成分好,他们说不准连他也一块儿拉去批斗。

耳闻目睹红卫兵的狂热,学校停了课,白金凤与白国富都回到家中。白方礼告诫他们:“你们没课上就在家中向你大姐讨教,千万别去参加红卫兵!”

其时,大女儿白涣义已于1964年考进了天津师范学院物理系,白国富与白金凤都在上初中,“文革”中,学校已经无法上课,就在白国富、白金凤兄妹俩以为读书梦再也无法实现时,白方礼却鼓励他们边工作边学习，白国富不解地说：“现在都流行读书无用论，可你还让我们啃书本，图啥呀？”

白方礼痛心地回答道：“国富，咱虽认字不多，可咱却懂得很多道理，知识在任何时候都是有用的，你们现在多读书绝对是好事，将来一定会派上用场。”白方礼的“督学”，让这个清贫之家始终洋溢着书香。

关于白涣义上大学，还有一段小小的插曲——

白涣义在高中毕业时，见家里经常穷得揭不开锅，她就想早点儿参加工作，以减轻家中的经济负担。谁知她刚把想法一提出，白方礼就“黑”起了脸道：“我能供得起国然上大学，也能供得起你们上大学，你们一定得给我上！”

在父亲的“威逼”下，白涣义考上了大学，她的待遇也一下子“高”了起来，与先她考上大学的白国然的待遇一样了。白家一下子要供养两个大学生，白方礼更加忙碌了，他每天都在单位加班加点，为的就是多挣一些加班费。他经常对儿女们说：“咱小时候因为穷，上不起学，但咱就喜欢与有知识的人打交道。为了不做睁眼瞎，你们都得好好学习，只要你们有能力上，咱就是砸锅卖铁也要供你们上学。”

白方礼果不食言，他艰难地供着他们一直到大学毕业。两人大学毕业后，均响应国家的号召“上山下乡”，白国然选择去了油田，白涣义则下放到了沧州。

白方礼在家中所营造出的“读书光荣”的氛围与当时的风尚显然是相左的，当外面闹哄哄时，白家却时常传出琅琅的书声，成了一道独特的风景线！

不久，待业在家的白金凤进了天津针织厂当了一名检验员。1969年，白国富也在父亲的安排下，应征入伍，成了一名光荣的解放军战士。送兵那一天，白方礼特意穿上了他平时舍不得穿的“礼服”——一套半旧的中山装，这还是他当选劳模时制作的，已经陪伴了他十多年时间。看着跟自己差不多高的儿子就要到部队去了,白方礼心情也格外高兴,他对儿子说:“部队是个大学校,到了那儿好好干。”那一天,白方礼与白国富留下了一张珍贵的合影。

白国富没有辜负父亲的期望,在部队里就入了党。听说儿子入党的喜讯后,白方礼特别高兴,他特意买了点儿酒,生平第一次把自己给喝醉了。

1977 年,停顿了整整十年的高考恢复了,学校也恢复了书声琅琅的景象,街头乱走乱荡的红卫兵不见了。白方礼敏锐地感到这一变化后,他打心眼儿里感到高兴,逢人就讲:“我说过嘛,知识永远是有用的,这不,国家又开始重视知识、重视人才了。”

从部队退伍回来的白国富进了天津建筑机械厂做政工工作,白方礼时常对他说:“你做的工作与我的不同,我就是个骑三轮车的,只要有力气,只要认识路就行,你做的工作没知识可不行!”

经过父亲的点拨,白国富参加了中文大专的自学考试,女儿白金凤也参加了成人中专的自学考试。1982 年,白国富与白金凤分别拿到了大专和中专的文凭,他们第一个就向白方礼报喜,看着那红红的证书,白方礼的脸上顿时笑开了花。

4

【“咱们白家已经有三个教师了,要是再多几个就更好了!”那时,他就把当教师的希望寄托到了孙子白嵩的身上。】

一只篮子里放满了青红相间的苹果,不时散发着诱人的清香。白嵩的两只小手在桌子上移来移去,在靠近篮子时,他的小手犹豫了一下，又缩了回去，但缩回去后，他似乎还是禁不住苹果的诱惑，又伸出了小手，这次他鼓起了十足的勇气，小手快速地抓起了一只苹果。

冷不防传来爷爷白方礼的声音："嵩嵩，把苹果放回篮子里去！"

白嵩涨红了脸，他仿佛做了错事似的把手缩了回去，可苹果还在手中攥得紧紧的。白方礼走过来，一边抚着白嵩的小脑袋一边说："嵩嵩最听爷爷的话了，这些苹果是爷爷要送给敬老院里的那些爷爷、奶奶们吃的，他们一年都吃不到几个苹果，你吃了一个，他们就吃不到了，听爷爷的话，回头我让你爸爸给你买去。"

可白嵩还是不松手，白方礼就连劝带哄地把苹果放进了篮子，白嵩"哇"的一声大哭起来，他委屈地说："爷爷不疼我，爷爷不疼我，爷爷坏……"

白方礼夫妇与儿子、儿媳合影。（白国富 提供）

白方礼正准备劝孙子，这时白国富下班回了家，看到眼前的景象，他立刻明白了白嵩哭泣的原因，他把白嵩拉到身边，拿起毛巾给他抹干了眼泪说："爷爷的苹果爷爷都舍不得吃，这是他要送人的。爷爷这是在做好事呢！爷爷是个大好人，不是坏人！"

白嵩止住了泪水，他好奇地问："爸爸，爷爷为啥要做好事，要把苹果送人？"

"嵩嵩，你们老师一定给你讲过，做人不能自私，要心里想着别人，你课文里学到的那个雷锋叔叔，就是专门给别人做好事，所以他得到了大家的称赞。"

白嵩睁着黑亮的眼睛说："雷锋叔叔我知道，我还会唱那首歌。"说着，他拉开了架势，稚声稚气地唱了起来：

> 学习雷锋好榜样，忠于革命忠于党，爱憎分明不忘本，立场坚定斗志强，立场坚定斗志强；学习雷锋好榜样，艰苦朴素永不忘，愿做革命的螺丝钉，集体主义思想放光芒，集体主义思想放光芒；学习雷锋好榜样，毛主席的教导记心上，全心全意为人民，共产主义品格多高尚，共产主义品格多高尚；学习雷锋好榜样，毛泽东思想来武装，保卫祖国握紧枪，努力学习天天向上……

没心机的孩子只要一哄，立马就能分散注意力，原先的烦心事也很快一扫而空。看白嵩兴致挺高的样子，白国富就势说："你爷爷就是一个活雷锋，你快去给爷爷道歉。"

白嵩一蹦一跳地跑到了白方礼的身边，他们父子俩的对话他听得一清二楚，心里涌起了波涛。白嵩是他唯一的孙子，他特别疼爱这个孙子，可在他心目中，疼爱不是用金钱来衡量的，他要让他明事理，成人更重于成才！

白嵩跑过来，他深深地向白方礼鞠了一躬，真诚地仰着小脸，对白方礼说："爷爷，嵩嵩知错了，不该拿筐里的苹果，以后嵩嵩再也不拿了。"

白嵩的话让白方礼的泪水盈进了眼眶，多么懂事的孩子啊，要不是自己的收入有限，一定会买几个又大又甜的苹果给他吃，可这些年，孙子从来没吃过他买的一件东西。曾经有一次，他在水果批发市场看到别人扔掉的一箱烂苹果，他当作宝贝似的捡了回来，还高兴地让白嵩吃，谁知白嵩吃了一口后把苹果扔掉了，一边扔一边说："这苹果一点儿也不甜，苦死了。"

果然，白方礼看到苹果已经烂到了核，上面布满一层锈色，里面还有虫子蛀过的痕迹，他尝了一口，很苦涩，但细细品味后，又觉得这苦涩中带着一点儿苹果特有的甜味，于是他一只也舍不得扔，从筐子里找了几个稍好的，削了皮给白嵩吃了，谁知当天晚上白嵩就拉起了肚子，一定是吃苹果吃坏了的。他急忙拖出三轮车，把孙子带到诊所去输液，那一次有惊无险之后，他再捡回来的食物，他就一个人吃，再也不敢给孙子吃了。

白嵩读书很认真，从小学到中学，他的学习成绩优异，经常能拿着各种奖状回来，有时领奖后，他还俏皮地对白方礼说："爷爷，咱们来比一比，看谁拿的奖状多！"

白方礼还真和孙子较上了劲，他俩专门收拾了一面墙，把各自所拿的奖状小心地糊上去，你糊一张，他糊一张，一面墙很快就糊满了。白方礼笑着说："这可是咱们家的荣誉墙啊，有了它，家里就亮堂多了。"白嵩的小脸上也挂满了笑容。

1992年，白嵩要参加中考，他想考中专，但报什么志愿，他心里一时拿不准主意。白嵩为此请教爸爸，白国富也不知道报什么专业好，于是他又向白方礼讨主意，白方礼略一思忖道："让孩子读师范吧，将来

做个老师,能教更多的娃儿读书。”

在白方礼的心中,老师的地位是至高无上的,也许,他并不理解“人类灵魂工程师”的真正含义,但却不影响教师在他心中的高大形象。他的大女儿白涣义大学毕业,当过知青后,就转入了沧州教育战线,起先做了一名普通教师,白方礼格外高兴,他托白国富专门给白涣义写了一封信,在信中说:“听说你当老师了,我特别高兴,我希望你能高度负责,用最大的热情投身到教育事业中去,让更多的娃儿们有学上,为国家培养更多的人才。”

大侄儿白国然的女儿也是从师范大学毕业后,在广东佛山当了高中老师,女婿也是同校老师。当这一消息传到白方礼耳里时,他兴奋异常,扳着手指头数了起来:“咱们白家已经有三个教师了,要是再多几个就更好了!”那时,他就把当教师的希望寄托到了孙子白嵩的身上。

白嵩受爷爷的影响,最终下定了决心报考师范学校,在中考中他发挥出色,以高分被天津师范学校录取,拿到录取通知书的那一天,白方礼一回到家,他就从全家人的兴高采烈的神色中嗅到了什么,他高兴地问:“看你们高兴的样子,嵩嵩是不是考中了?”

白嵩用力地点点头,急忙把录取通知书举给白方礼看。白方礼笑着说:“你这不是让爷爷为难嘛,爷爷不认字。是不是师范学校录取的?”

白嵩再次点了点头,白方礼高兴得差点儿蹦了起来。他接过录取通知书,拿到眼前盯着,尽管不认识上面写着啥,但他的心里好似有一双慧眼,能读懂通知书上印着的一笔一画。

看完录取通知书后,白方礼从身上掏出了一只小手帕,里面装的是钱,有块票,有毛票,还有硬币,他小心地把几张十元的合在一起,而后又把块票累计起来,数了数后,他将码得整整齐齐的钱放到了白嵩的手上道:“爷爷也不知道该给你买些啥,这些钱你拿去,你自己掂量

白方礼老人的家庭亲友合影照（白国富 提供）

着买吧！”

白嵩长这么大，这还是第一次拿爷爷的钱，他急忙把手缩到了身后，说：“爷爷，我不要你的钱。”

“干嘛，爷爷的钱烫手？爷爷这是高兴，你一定得收下！”

收还是不收，白嵩犹豫着，拿不定主意，他将眼神瞟向父亲白国富，得到白国富的暗示后，白嵩这才收下了钱。当然，这些钱他没有舍得花，而是在节假日回家时给白方礼买回了礼品，然而让他懊恼的是，他后来从父亲口中得知，他送给爷爷的食品，爷爷一口也没舍得吃，全部送给了别人。

看白嵩不高兴的样子，白国富对他说：“你爷爷是个只奉献不知索求的人，他就这脾性，不要说你买的物品，这么多年来，我和你两个姑姑不知给他买了多少东西,可你看到他有几样是用在了自己身上的?”

父子俩一边诉说,一边发着感慨,白嵩对爷爷的认识也愈加清晰起来,他对爷爷更加肃然起敬。

1995年,白嵩从天津师范学校毕业后,分配到新开小学当教师。得知孙子当上了教师,白方礼可开心了,他的笑容整天都挂在脸上,蹬车也更加有劲儿了。

不久,白嵩谈了一个对象,女孩名叫王维,也是老师。她在华安路小学工作,那是个专门接收外来工子女的学校,经常接受社会捐助。早在她的学生时代,她就听说了不少白方礼助教的事迹,如今在外来子弟学校,她更能感悟到白方礼那种无私奉献的精神实质。

得知孙子也谈了一个做老师的对象,白方礼更乐了,他很长时间都把这件事挂在嘴边,幸福地咀嚼着。

两年后,白嵩与王维举行了简朴的婚礼,白方礼在婚礼上高兴地对大家宣布:“我们白家现在有五个教师啦,这是我这一生最得意的一件事情!”

第五章

风雨兼程，他绕着地球走了18圈

1

【只要今天还有一分力气，他就要把这一分力气全部用上，如果明天还能醒来，还能看到新升的太阳，他明天就又会把所有攒下的力气再度用光。】

地球的一周是多长？答案是4万零75公里。

如果在地球上绕行18圈，总长又是多少呢？答案是72万1350公里。

如果一位老人花58年的时间绕行地球18圈，那么他每天所走的行程是多少？答案是每天行走34.07公里。

几道简单的算术题，留给我们的只能是抽象的数字概念，然而白方礼骑着他的三轮车(新中国成立前他是拉着黄包车靠脚板行走)，每天平均所走的里程就是34.07公里，从1944年他闯荡津门的那一天算起，到2002年他生病的那一年结束，他整整在风里雨里骑行了七十多万公里的行程，相当于绕行了地球18圈！

白方礼老人蹬三轮车时的照片（白国富 提供）

东方现出了鱼肚白，热闹繁华的大街还沉浸在静谧之中，除了几个环卫工人外，只有少数早起晨练和摆摊的人，白方礼这时已经推出了他的三轮车。出门前，他将一条旧毛巾习惯性地搭在肩膀上，将一瓶热水放到了车上，有时他就揣两个馒头带在身上，那是他的午饭。

每天，他都是第一个行驶上大街的三轮车夫，他一路猛蹬，来到天津东站，他要在那儿等候凌晨驶进东站的列车。

每天，他在晨曦中走向朝阳，在夕阳下追赶余晖，直到星辉斑斓时，他才披着一身星辉回家，他每天用于睡觉休息的时间不足五个小时，平时所有的时间都与他的三轮车相伴，难怪他对那辆三轮车情有独钟，那是与他朝夕相处的老伙计啊！

白方礼重披战袍，再次蹬上三轮车时，那是1987年7月，老人已经74岁高龄了。

74岁，应该是安享晚年的夕阳之年了，然而白方礼却做出令人吃惊的选择！

就为了筹钱支教，他又开始骑上了三轮车，几角、几元地积攒着爱心款,这太令人不可思议了!

冷嘲热讽排山倒海地向他袭来——

"老糊涂了吧?这么大年纪还不安分地四处跑。"

"要是跌在哪儿还不知道能不能爬起来呢,这不是没事找事嘛!"

"他的儿女呢?怎么就放心让一个老人出来骑三轮车?"

"想当武训啊,我看支撑不了多久……"

还有人提出了质疑:"算了吧,白大爷,你打哪儿来还回哪儿去,就凭你挣那么一点儿钱也去支教?"

…………

幸亏白方礼是个生性豁达的老人,别人的冷嘲热讽他一笑而过,他常说:"我就是个没嘛文化的人,没嘛能耐去挣别的钱,我现在趁身子骨还能动,多少还能卖苦力挣俩钱,哪怕钱再少,可也能积少成多,毕竟还能资助几个娃儿。"

对于有人断言他干不长久,他表示:"只要我有力气,能蹬车,我干一天就是一天!"

是的,正因为年岁已高,白方礼的潜意识里始终紧绷着倒计时的弦,只要今天还有一分力

蹬车蹬得满头大汗,白方礼抓起衣角擦汗。这张记者抓拍的照片,曾打动了亿万网友。(李锦河 摄影)

气，他就要把这一分力气全部用上，如果明天还能醒来，还能看到新升的太阳，他明天就又会把所有攒下的力气再度用光，他是个力气"日光族"，他生命的每一天都在倒计时进行着！

他没有高远的理想，他重复来重复去的只有一件事：蹬车—挣钱—支教！

这是一根简单的直线，白方礼却"画"得有滋有味，做得庄严神圣。

不管是炎夏酷日高悬，还是严冬雪花纷飞，白方礼不分季节，风雨无阻，他每天早上六七点钟准时出车，每天要到晚上八九点钟才拖着疲累的身子回家。有时接到大活儿，他甚至整夜不归。一次，他拉了近一吨的货送到离天津主城区五十多公里的杨村，一夜未归，家里人找遍了天津的几个火车站都没找到老人，直到次日凌晨，老人才疲惫不堪地回到家。

儿子白国富看父亲这么拼命，他含泪请求父亲即使拉客拉货，不要再出远门，要不然就是倒在哪儿，家里人也不能及时救助。可是，白方礼却乐呵呵地掏出百十元钱道："不出远门、不拉重活，哪能挣这么多钱，这笔钱够一个娃儿一个月的生活费了。"

白国富着实心疼父亲，就对父亲说："你一心想挣钱支教，这样，我们姐弟几个商量一下，每个月给你攒点儿钱，你就少拉点儿活，也不影响你捐款。"白方礼却正色道："这可不成，用力气换钱是天经地义的事儿，要是靠你们赞助来支教，一来你们都是拿工资的要养家糊口，一次两次可以，要是长期下来，你们也吃不消；二来我这样做，让那些娃儿知道白爷爷的每分钱都来得不容易，才更会激发他们好好学习。"父亲的话让白国富无言以对。尽管他也算一个知识分子，可这么多年来，他却常常说不过几乎是文盲的父亲。

大道若拙，白方礼用最浅显直白的道理让白国富深受教育。

白方礼订下了每天得挣多少钱的计划，晚上回家时，他不管多晚，都会把挣来的那些零钱,一分一角一元地归类后清点,有时要清点好几次,清点完毕后,他就掏出那只铝皮的饭盒,把那些零钱放进去,那铝皮饭盒成了他的储钱罐。如果当天所挣的钱超出了他的计划,他的脸上会浮出笑容,会带着满足进入梦乡。如果所挣到的钱达不到他的计划,那他就会愁眉不展,在床上辗转反侧,久久不能入眠,第二天,他就会起得更早,回来得更晚,为的是将这亏空补上……

老人所有的积蓄都捐出去了, 他每月的退休工资也捐出去了,他每天的所得都捐出去了,这样的"裸捐"老人一点儿也没有遗憾,相反,他还更无牵无挂。儿女们经常劝他:"爸,你捐款支教我们并不反对,可是你总得给自己留点儿吧,这样也防有个不时之需。"

"我要存嘛钱,我现在身体挺硬朗,要是哪天真病倒了,爬不起来了,那是我的大限到了,你们也不要给我治,我也不想让你们浪费嘛钱。你们现在都有工作,都有收入,你们也别指望我给你们留下嘛遗产,我现在的生活最简单,只要每天能吃饱肚子就行了,别的任何钱物对我而言都用不上!"

他对物质生活真的一无所求,多少年来,他从未添置一件新衣服,身上的衣服破了,他就缝补一下继续穿,有时一件衣服补丁摞补丁,他也舍不得扔,他还去拣别人扔掉的衣服,他穿的两只袜子常常是不一样的,那是他捡来的袜子自个儿配成对儿的。吃的更简单,除了晚饭回来吃一顿外,中午在外面就啃从家中带出来的馒头,如果馒头不充饥,他又去拣别人扔掉的那些过期食物。中午剩下的稀饭,晚上就点儿面汤,倒在一起喝。

这种特殊的"佳肴",他不光自己喝,还要家人一起喝,儿媳妇许秀芹头一次喝到这粥不是粥、面不是面的怪味时,怎么也难以下咽,白方礼就说:"你不喝我喝,但是我告诉你,你不要在这方面特别,我们都喝,你一定要喝,咱们把钱省下来支援国家建设。"

这哪像一个有儿有女有工资养老的老人啊，地地道道一个叫花子的形象，儿女们面子上挂不住了，他们纷纷给老人买来各式各样的新衣服，尤其是在沧州市工作的大女婿秦志成几次给老人送来棉衣，但一转身的工夫，他就给捐了。儿女们对此“深恶痛绝”：“你不考虑自己的形象，可也得考虑我们做儿女的面子啊，不然别人还以为我们多忤逆呢！”

“嘛？你们嫌我丢人啦？我早跟你们说过，让你们不要浪费钱，我这样挺好，比过去旧社会的衣着强一百倍了！”老人的一番话呛得谁也不敢再吭声。

此后，他们也被“逼”出了一个办法，那就是不再送新衣服给他了，就捡家中质地较好的旧衣服送给他，秦志成还专门收购一些旧衣服送给白方礼。看到是旧衣服，白方礼才满心欢喜地收下。

虽然穿的是旧衣服，但总算改变了“叫花子”的形象，儿女们这才松了一口气。

2

【白方礼看到杨俊玉像遇上了“救星”，他激动地走上前，他有太多话要讲，最终却变得语无伦次了。】

整齐的街道、干净的马路、熙攘的人群，一道道风景从白方礼眼前一掠而过，这座城市的每一条街道、每一条弄堂，白方礼都记得一清二楚，他深深地爱恋着这座城市，他甚至为自己能日夜穿行在这座城市感到骄傲和自豪。

走在路上，尽管城市的街道已十分平坦，不是水泥路面就是柏油路面，可也难免有坑坑洼洼的不平处，低洼处还积着一摊水，但这样的坎坎坷坷，这样的颠颠簸簸，却让白方礼感觉真实与充实。

每当蹬车劳累时，他就找个角落，停下他的三轮车，背倚着三轮车站着休息一会儿，当一个人坐久了时，站着就是他最好的休息方式了。他捶捶腿、揉揉腰，而后再检查轮胎的气是否足，看有无螺丝松动。

蹬车是个重体力活，挥汗如雨的夏季就不必说了，在北风呼啸的严冬，他也常累得汗流浃背，汗流多了，就得多喝水。白方礼的茶杯非常大，是一个装罐头的玻璃瓶改做的茶杯。他没有喝茶的习惯，再说买茶叶也要花不少钱，他干脆就喝白开水。茶杯不保温，冬天就只能喝“冰水”，可是他不在乎，他的肚皮更不在乎，这么多年来，他喝生水从来没有闹过肚子，这也是他自豪的一件事。

困了，白方礼老人就地打个盹儿。(李锦河 摄影)

但水喝多了也带来了麻烦，喝下肚的水除了化成汗挥发一部分外，还有一部分则需要小便排泄，年纪大了以后，白方礼变得尿频起来，而且常尿不尽，他想了一个土办法来克服，那就是用一块布垫在裤裆，有了这个简易的“尿不湿”，他就再也不用担心衣服上会染上尿渍了。

车把式们最怕的倒不是出力出汗，他们最怕的是心灵的孤寂。同样是劳动者，但他们是流动性的，是单一化的，有时一天都找不上人讲一句话。如果遇上心肠不错的乘客，他们还能与乘客在路上有一搭没一搭地聊上几句，可如果装载着货物或者遇上不爱讲话的乘客，他们就只能闭着嘴、闷着头骑车。

有一次，白方礼骑车送一位中年人去三元里，路程不近，那中年人上车后就掏出了一本杂志来看，骑行了一段路后，白方礼为打破无言沉寂的局面，就和气地问乘客：“老板，你是哪儿人呀？”

“四川。”

简短的答复后再无下文，白方礼只得再挑起了话头：“第一次到天津来吧？”

谁知那中年人不耐烦地说：“你这老头儿怎么回事？你是骑三轮车的还是查户口的？问起来咋没完没了？”

白方礼闹了个大红脸，他立刻缄了口，心里却沉甸甸的，他还在心里反问自己：找个人聊聊天也有错吗？

长期经历着一个人的战争，这战争最大的敌人就是自己。白方礼经历的这场战争已经有几十年了，他应该算是一个老兵，但可能是年纪大了的原因，他的倾诉愿望十分强烈，这倒不是说他是一个“话匣子”。自从踏上了支教之路后，他心中有一团火在熊熊燃烧着，产生了无限大的激情能量，当一个人被激情所笼罩时，如果不及时释放，这团激情就会搅得人坐卧不宁，就像来了灵感的诗人，当有佳句涌上来时，如果找不到纸笔记下来，那种遗憾真是痛彻心扉！

白方礼回到家乡，受到家乡群众热烈欢迎。(白国富 提供)

他曾在夏天路面温度高达40摄氏度的炙烤下，在三轮车上昏倒过去；他曾在冬天大雪漫地的路途中，摔到沟里；他曾由于过度疲劳，一边蹬着车一边睡着了；他曾多次在感冒发高烧到39摄氏度的情况下，一边吞着退烧药片，一边蹬车，虚脱的汗水湿透了棉袄……

白方礼毕竟是一个人不是一个神，他也有七情六欲，他也是血肉之躯，他的寂寞也需要排解。过去，老伴儿洪德明在世时，白方礼的心里话还有人能够静静聆听，可洪德明于1988年去世后，他的心里话再也找不到人倾诉了，他常泪问苍天："咋不让老伴儿多陪我走几年呢！"有时，他捧着老伴儿的遗像喃喃自语，聊解哀愁。

洪德明临走前，把家人全召到病床前交代后事，她特地嘱咐自己的儿女们："我走了，你们好好对你爸尽孝心，他这个人脾气倔，你们让着他，别让他着急。"直到儿女们含泪点头应允，洪德明才露出满意的笑容。

洪德明辞世后，白方礼悲伤了很长时间，他把全部精力都投入到支教中去，以期暂忘悲伤。但内心却时时苦闷，直到他又遇到了一个知音，这人就是他的老领导杨俊玉，在白方礼重新蹬上三轮车时，杨俊玉也已经办理了退休手续。有一次，他到东站去送人，在东站广场上看到一个熟悉的身影，走近一瞧原来是白方礼，他吃惊地问："老白，你不是回沧州老家安度晚年去了吗？咋又来蹬上三轮车了？你也一大把年纪了，还这么拼命挣钱干嘛呀？"

白方礼看到杨俊玉像遇上了“救星”，他激动地走上前，他有太多话要讲，最终却变得语无伦次了，他说：“老领导，我正想找你商量了，能碰见你，真是太好了，我在支教哩，支持教育事业，我有好多的想法……”

杨俊玉一怔：“支教与蹬三轮车有啥关系？”

白方礼惭愧地一笑道：“我刚才说得太急了，是这么回事，我看到现在有好多娃儿由于家中没钱供，上不起学，想咱自小就吃了没文化的亏，这亏不能再让娃儿们吃下去了，可我又没有别的挣钱门路，趁现在胳膊腿儿还能动，就出来蹬三轮挣俩钱资助那些穷娃儿们……”

本来，杨俊玉对白方礼第一次捐款五千元给沧州白贾村小学的这件轰动天津城的事儿略知一些，他当时只以为白方礼捐了也就捐了，没想到他还较上了真儿，竟然又重蹬上了三轮车，开始了爱心长征。

杨俊玉一拍脑袋说：“老白，我想起来了，你还真跟我说过的，可惜我当时没记在心上，嘛样？你要设基金会的想法实现了没？”

对于一般人而言，有些话说过就过去了，转身即忘，如果有人能够记住你所说过的话，很久远了，却仍然清晰地记得，那么这个人就是离你心灵最近的人。很显然，杨俊玉与白方礼就是这一类人！

话逢知己千句少。那天，白方礼很激动，与杨俊玉越聊越投机，一直从中午聊到了日薄西山，要不是杨俊玉及时“刹车”，白方礼还得拖着杨俊玉往下聊。

这次重逢，改变了两个人的晚年人生。杨俊玉此后只要一有空就到东站转转，遇到白方礼在等客，他就和白方礼聊上几句，主要是听白方礼倾诉的多，他的话细细碎碎，昨天挣了多少多少，前天挣了多少，最近有啥新想法等等，无一不是围绕支教话题，看来，支教已经融入了白方礼的血肉之中了。

杨俊玉知道白方礼现在并不需要自己帮他什么，他就是要找个人倾诉。当然，杨俊玉还是经常给白方礼提一些建议，在生活上也特别关心他。两人成了无话不谈的知音。

1992年的一天，杨俊玉来东站见到白方礼时，白方礼兴奋地从怀中掏出一个布包，在杨俊玉面前一晃道："老领导，我捡到宝贝了。"

等他打开了布包，杨俊玉才知道他的宝贝就是一只破旧得被人扔掉的"红灯"牌收音机。白方礼笑着说："有了这玩意儿，我就不寂寞了，一边蹬车一边听听新闻，还能听听戏哩。"

一个小小的破旧收音机就能让白方礼高兴成这样，他的索求也太低了，杨俊玉眼中不由得涌上了咸咸的泪水……

3

【白方礼脖子一梗，极其硬气地说："我走得正，行得端，我又没做亏心事，我怕谁！"】

六月的天说变就变。刚刚还晴空万里的天气，转眼间，便浓云掠起，下起雨来了。

雨点噼噼啪啪地往下砸着，白方礼兴奋地蹬着车。车上的客人对白方礼说："大爷，下雨天你也得披件雨衣吧。"

"没事，淋雨淋惯了，这样爽快！"白方礼笑答。

一下雨，生意就会好，白方礼快乐地穿行在风雨中，极渴望灵魂被淋湿的感觉，他喜欢和雨共舞的感觉。他是《雨中情》中的金·凯利，他在雨中狂欢，他把快乐诠释成一种即兴音符，在雨中踏出了欢快的节奏……

"臭小子，你还敢坐车不给钱，少啰唆，快给大爷拿钱出来！"

循着声音看过去，在离东站不远的一条马路上，一个骑着三轮车的年轻人正冲着一个腿脚残疾的少年大声嚷着，那少年脸涨得通红，他胆怯地说:“俺……俺就带了这么一点儿钱,叔叔行行好吧。”

白方礼老人细数一天的收入。(李锦河 摄影)

“两块钱就想打发你大爷,再不掏钱大爷我可要搜身了，没钱就把身上的衣服脱下来抵。”年轻人狞笑着,犹如猎人见到嘴边的猎物,岂有松口之理。

那残疾少年害怕得把衣服裹紧了，真怕眼前这凶神恶煞的年轻人把他的衣服脱掉似的。就在双方僵持时，白方礼远远地蹬着三轮车过来了。

“大毛,嘛事儿？把这孩子都快吓哭了。”

原来那个年轻人叫大毛，他昂起头没好气地道:“这小子坐了我的三轮车不给钱。”

“我没要坐,我出了火车站他就把我往车上一拉,硬让我坐了他的车,才走到巷口,他就向我要五块钱。”那少年急忙申辩道。

这下,白方礼心里有数了。在东站,集聚着几百辆三轮车,另外还有不少出租车,为了争生意,大家都抢着拉客。这拉客的事白方礼也做得不少,看到有乘客从车站的出口处出来后,他就走上前去问要不要三轮车,如果对方摇头,他就问下一个,而且他收的价钱也公道。可有些人就不一样了,他们在出站口几乎是抢客,特别是看到那些软弱可欺的人,他们二话不说,上前就抢过乘客的包,然后把乘客拉到自己的车上，乘客还没反应过来，他的车已经骑得飞快离开了车站，这时你再要下车就得给钱，而且一开口至少要五块、十块，甚至有人还故意绕弯子，绕来绕去都是在东站附近，这一趟弯路绕下来，乘客至少得给五十块，被敲一百块的也有。眼前的这个残疾孩子肯定是被大毛拉过来，才走了几步远，就张口向残疾少年要五块钱。这简直就是明目张胆的敲诈！

心里猜出个大概后，白方礼冲那年轻人大声喝道："大毛，你别瞎敲，你看人家孩子多可怜！"

"我不管，他坐了我的车就得给钱！"

"就那么一点儿路，你还好意思要钱，再说这孩子主动要了你的车吗？你再纠缠这孩子，咱们就到派出所评理去。"白方礼也针锋相对。

"可别，白大爷，咱认识你狠，但你也别把路走绝了，砸了咱的饭碗你也没好果子吃。"大毛恨恨地走了，他心里还是有些惧怕白方礼，白方礼在东站附近服务了几十年，这些蹬三轮的没一个不是他的晚辈，而且大家都知道白方礼好较真儿，他经常将乱敲钱的三轮车主告到派出所，他们受到处理后，有的口服心服，有的却对白方礼怀恨在心。

支教路上的"烦恼"（电影《白方礼》剧照）

也有好心人劝白方礼："大家都是蹬三轮的，俗话说路上不遇桥上遇，你总是这样得罪人，当心他们报复你。"

白方礼脖子一梗，极其硬气地说："我走得正，行得端，我又没做亏心事，我怕谁！"

但他随后就遇上了许多"莫名其妙"的事：他三轮车的气门芯经常被人拔掉，座椅经常被人划上几刀，有时车锁也被砸掉……这样的事经历得多了，白方礼也不再与他们一般见识，他常备了一把打气筒，身上也备了几个气门芯，你拔掉时，我再装上，打足气，座椅反正是他捡来的不值钱的布缝起来的，大不了把划烂的扔掉再缝一个，车锁他干脆就不用了，反正是一辆"老爷车"，收废品的人捡过去还嫌破呢。

他这样高姿态的做法一时还真为难了那些想报复他的人，对他虽然咬牙切齿，却又无计可施……

大毛走后，白方礼问明了那残疾小孩的情况，原来他是从山东乘火车来天津找在此地打工的姐姐，身上带的钱少，出了火车站只剩下两块钱。姐姐由于上班不能来接他，就给他详细说明了乘车路线，要去她所在的工厂要倒两辆公交车，还要走一段路，白方礼想也没想，就对他说："你说的厂子我知道在哪儿，我送你去吧，免得你走错了路，那可就麻烦了。"

那残疾少年想了想说："那就麻烦大爷了，找到我姐姐后，我会让她给你车费。"

白方礼充满爱怜地看着这个善良的少年，摇摇手说："大爷不收你一分钱。"

当他把少年送到了目的地后，果然再三推辞了他们要给的车费。在回程的路上，白方礼的大脑在高速运转着，火车站经常有行走不便的老人和残疾人往来，与一般人相比，他们的收入较低，有的还没有收入来源，就靠人来救济，对于这些人，自己能不能给他们出行方便，少收他们的钱呢?

回到家后,白方礼想了一个主意,他制作了一面三角形的小红旗,请人用油漆在上面写上了“军烈属半价、老弱病残优待、孤老户义务”字样,公开宣布对部分乘客实行价格优惠。他把这面三角旗插到了自己的车上,到了东站后,果然引来了轰动。

白方礼老人穿着上从不讲究,即使一盆水,他也要节约,早晨起来以后,洗脸,洗脸水不倒,晚上回来兑上点儿热水再用来洗脸,这些年已经形成了习惯。唯独三轮车上面收拾得很干净,红色的小旗总是鲜艳飘扬,有时稍褪了色,他就再扎一面。他对三轮车特别爱护,胜过他的生命。

出站的乘客看到这面特殊的红旗后,不少人就主动要了他的车,当然除了旗上所标明优惠的这三种对象外,也有不少健康的壮年人乘他的车,用他们的话说就是:“能打出红旗献爱心的人,一定不会宰客!”

一次,一位青年盲人刚走出出站口,就有几个拉三轮车的上前拉他,白方礼抢先搀着他的胳膊说:“小伙子,乘我的车半价收费。”听说少收钱,那青年盲人就乘上了他的车。生意被他抢过来了,那些人气得干瞪眼!

自从亮出爱心旗后,白方礼出车率攀升,他也特别高兴,因为可以多挣些钱支持教育了。

4

【他们一早醒来时,却傻眼了,爸爸又不见了,他的三轮车也不见了,他一定又带着病出车去了。泪水模糊了他们的视线。】

夜已经很深了，街头的路灯似乎也有了倦意，发出昏黄的光，大街上少数几个行人，一边打着哈欠一边加快了回家的脚步。

风雪中，驶来爱心三轮车。（电影《白方礼》剧照）

然而从河北区抗震里却走出了几个急匆匆的身影，他们推着自行车分别沿着大街的东西南北方向急驰而去，半个小时后，他们又骑着车回到了起点。一个焦急的声音传来："白嵩，你没看到爷爷？"

白嵩摇了摇头，问话的人是白国富，他接着将脸侧向媳妇许秀芹："你也没见到爸爸？"

许秀芹已然急出了眼泪，她担心地道："爸爸不会有啥事了吧，都快深夜两点了，还不见他的人影，往常他可从来没这么晚回来过呀，要不打电话给妹夫他们，让他们也来帮助找一找，人多毕竟力量大些。"

白国富急得直跺脚："都怪我，要是我死活不让爸去蹬三轮，他也不会走丢了，现在还生死未卜呢！"

就在他们一家三口在路口焦急地等待时，白嵩突然看到东边的路上出现了一个熟悉的身影，他兴奋地大叫起来："爷爷，是爷爷！"

白国富与许秀芹也抬起头，确认那个蹒跚着骑着三轮车过来的就是白方礼后，他们这才转忧为喜，老远地就迎了上去。

白方礼也看到了他们，他的眼中闪过一丝温暖，但随即又用威严的声音责问道："你们还怕我丢了不成，这么晚了，也不在家休息。"

许秀芹委屈地说："爸，咱们不是担心您嘛，您已是八十多岁的老人了，您还以为您是二十多岁的小伙子呀，就是身强力壮的小伙子也没您这么拼命的呀！"

白方礼嘴唇哆嗦了一下，他皱着眉头对白国富说："国富，你扶我下车，今天跑了一趟塘沽，替人送了一车货，回来的路上腰竟有些酸了。"

白国富眼里酸涩，他抹了一把眼眶，把父亲小心地扶下了车，白嵩则接过三轮车，一家人往家里走着。走了一段路，白国富见父亲不太利索，就把腰一弯，对白方礼说："爸，您太累了，我背您回家吧！"

白方礼闻听一惊，他立即挺直了腰杆，甩掉了白国富搀扶他的手道："爸还没老得走不动路。"他固执地自己走回了家。

回到家后，白方礼再也坚持不住了，躺在床上的他竟然发起了烧，他拼命地喝开水，还不停地把冷毛巾捂到自己的额头上，想发汗，把热度逼下去，以前，每次发热时他都是用这种办法来治疗，而且屡有成效，不影响第二天的工作。

可今天不知怎么了，他换了五六条毛巾都没有把烧退下去，心里越是焦急，烧得就越厉害，他心里犯起了嘀咕："老天爷，难道我真的老了，我的大限就到了吗？可不能就这么把我击倒啊，我还想多干几年，多为娃儿们资助一些呢！"

白方礼病倒了，白国富他们也忙坏了，他们本想把父亲送到医院去治，但白方礼一听到医院就条件反射，他死活不肯去医院，没办法，白国富只得敲开了附近一家小诊所的门，开了一些退烧的药片。白方礼看到药就有些头疼，打小儿他几乎从没吃过药。

白国富急得没法，只得使出撒手锏道："你不吃这些药，你哪有力气再去蹬三轮车？"

这一句还真灵，白方礼接过药片，一把咽了下去，白国富悬着的心这才放松了一下。照顾父亲吃完药躺下后，他劝父亲道："爸，明天您休息一天，等养好了身体再出车吧。"

直到白方礼点头应允了，他才回到了他们一家的小房间，他还与许秀芹商量着爸爸好不容易在家吃午饭，准备多买一些鱼肉给父亲补一补。但第二天，他们一早醒来时，却傻眼了，爸爸又不见了，他的三轮车也不见了，他一定又带着病出车去了。泪水模糊了他们的视线。

5

【爸爸在外累死累活的，我不想让他回到家还看到桌上的冷菜，我要始终热着菜，不管他啥时回来，都能看到有热饭热菜在等着他……】

室外鞭炮声此起彼伏时，新年来到了。

每到春节时，白国富总是提心吊胆，因为除夕这一天，白方礼还是一如既往地出车，这是他多年养成的习惯，有时他们劝阻，白方礼就说："你们就知道自己过节，可你们想没想过还有些在外的人也要急着回家过节呢，我不把他们送回家，我能安心回来过节吗？"

白国富清楚地记得有一年除夕夜，下起了漫天大雪，他和许秀芹早早地做好了年夜饭，其实说早早地做好并不准确，因为他们的年夜饭特别简单，一碗肉、一盘鱼，外加两个炒菜，再煮一锅水饺，这就是他们一年中最丰盛的饭菜了，做这些菜用不了多少时间。

其实他们也想把年夜饭准备得更好一些，一年就这一顿团圆饭，他们夫妻俩还是有能力承受的，但他们准备得再好，可过不了白方礼这一关，他一生中最反对的就是铺张浪费，平时他们要是多弄一些菜，白方礼就要责怪几句，就是要倒掉已经变味的饭菜，也得经过白方礼

著名画家杨林川给白方礼老人绘制的《中国首善》油画

的许可。白方礼一次也没舍得倒掉过，全部被他吃了。

每次吃年夜饭，白家几乎是最后一个守岁吃饭的，每一年都是热腾腾的菜上桌，左等他不回，右等他不回，菜凉了重热，热了又凉。常常热了好几次，都等不回白方礼。白国富就建议许秀芹道："咱们别忙着热，等爸爸回来再热吧。"

许秀芹却说："爸爸在外累死累活的，我不想让他回到家还看到桌上的冷菜，我要始终热着菜，不管他啥时回来，都能看到有热饭热菜在等着他……"

妻子的话让白国富感动得直落泪。

一年365天，白方礼的休息日只有正月初一上午半天。每年的正月初一，他都会换上一身干净质朴的衣服，自己也刮光了胡须，把自己"打扮"一下，因为这一天他要接受儿孙们的拜年。

白方礼也很看重这短暂的半天，平常见不到的女儿、女婿、外孙都会来给他拜年，儿孙满堂让他春风满面。上午接受拜年后，吃过午饭，他可不管家中的客人了，他还是三轮车一推，宣告着他一年中的"休假期"正式满了，他又开始了新一轮的工作。

走到天津，随便问一个当地人，提起白方礼，没有一个不知道他的。有些人却在背后议论："白大爷出了这么大的名，现在是不是在作秀呀？"还有的人说："他这是装样子呢。"但更多的人充分理解白方礼。

有一次,白方礼拉着一个客人,当那人得知蹬车的大爷就是白方礼后,他一骨碌地从车上跳下来,硬要把白方礼拉上车,说要拉他一程,以示心中的尊重……

1994 年的一个夏天,白方礼晚上回家时衣服竟然有不少血迹,脸上还青肿了一大块。细心的许秀芹看到后,十分吃惊,可她再怎么追问,白方礼就是不说受伤的原因,后来许秀芹问得急了,白方礼才支吾着说:“我骑车不注意,摔了一跤……”

看他慌张的神色,许秀芹心里犯了疑,她把心中的疑虑告诉了白国富,白国富想了想道:“要揭开谜底,看来只有找杨俊玉了,他是父亲的知音,他一定知道父亲受伤的原因。”

杨俊玉听明白夫妻俩的来意,他长叹了一口气,恨恨地道:“现在有些人简直是利欲熏心,为了钱,嘛事儿都干,你爸爸抢了他们的生意,他们就打你爸爸,我都劝了好几回架啦。”

白方礼老人的简餐(白国富 提供)

杨俊玉话还没有说完,白国富就急得跳了起来:“大叔,你告诉我是谁欺负我爸爸了,他这么大年纪了,拉车也不是为了自己,而是为了支教,我倒要问问他们,欺负一个老人算什么英雄,他们的良心到哪儿去了?”

杨俊玉说:“我也很气愤,也请工商局和公安局的同志出面处理过,可他们明里不敢动手,就暗里动手,你要问谁打伤了你父亲我还真不知道,只有他自己知道!”

可白国富在白方礼口中却怎么也套不出真正的“凶手”，他息事宁人地说：“国富，咱也不是一个怕硬的人，过去日本鬼子和国民党统治天津，我也一样挺过来了，与那些人相比，他们算什么，可是冤冤相报何时了，你不要多问了，我绝不可能告诉你的，我希望此事到此为止吧！”

多么善良而通情达理的一个老人啊。那位真正的打人者日后从报纸上看到白方礼父子间的这段对话后，他羞愧难当，心灵受到了极大的震撼和洗礼，白方礼的为人改变了他的人生观，包括他在内的很多三轮车夫都被老人的这种大善所感染，东站的风气大有好转。

第六章
支教公司，独一无二的爱心公司

1

【办这个公司，就要清清白白地告诉世人，我做好事没啥私心杂念。】

这可能是世界上最独一无二的公司了！

公司名称：白方礼支教公司；

公司地址：天津火车站东站一铁皮棚；

经营项目：除面条、馄饨、糖、烟、酒外，另外还有一个重要的经营项目，就是三轮车载客业务。

这家公司怪异，这家公司的董事长兼总经理白方礼可能也是世界上最寒酸的老板了，他穿着的衣服又破又旧，他的"宝马"就是一辆三轮车，而且开了公司他依然要蹬着三轮车去送客。

这家公司虽然寒酸，但生意却十分红火，依仗东站庞大的人流量，每天的营业额少则几百元，多则上千元，公司每个月的利润在万余元左右。这家公司还有个独特的“章程”:每个月所赚的钱除了支付必要的工资和依法纳税外,其余所有的利润全部用来支持教育事业。

一个蹬着三轮车支教的老人,一个自称不识字的老人怎么会心血来潮地要创办一家公司呢?话还得从头说起——

1994年春,81岁高龄的白方礼到一所学校向贫困生们捐资,他把整整一个寒冬挣来的3000元钱交给了学校,校领导说代表全校三百余名贫困生向他致敬。老人一听这话,思忖起来:现今家里缺钱上学的孩子这么多,光靠我一个人蹬三轮车挣的钱帮不了几个娃儿呀!何况自己也老了,这可咋办?老人的心一下沉重了起来。回到车站他那个露天的“家”后,老人硬是琢磨了一宿,要想多帮助一些娃儿必须加大筹资力度。但自己除了骑三轮车,还能到哪儿筹钱呢?就在白方礼犯愁时,他抬眼远望,这时,东站灯火辉煌,人来人往,煞是热闹,白方礼看到东站附近的一些小杂货铺生意十分红火,他灵机一动:要是在东站开个小杂货铺,不是就能挣到更多的钱嘛!

第二天天还未亮,他就依次把儿女家的门给敲开了。白金凤看老人气喘吁吁地挂着一身霜露,不知有啥急事。老爷子要过一碗水,一口气将水喝下后,拍拍衣襟上的尘土,说:“我准备把你妈和我的那两间老屋给卖了,再贷点儿钱办个公司。用公司挣来的钱支持教育。”

白金凤与孙福发你看看我,我看看你。他们感觉眼前的父亲越来越陌生了,自从踏上了支教征程后,他就像中了邪。他们本来想劝阻,便乘着招待父亲的当儿,悄悄地给哥哥白国富打了一个电话。白国富在电话中说:“爸为这事已经先找我和秀芹谈过了,我们也想不通,可爸决定了的事我们没办法阻拦,既然他高兴这么做,咱们就由着他,省得又把他弄得急火攻心似的。”

白国富已经表明了态度,白金凤与孙福发也没啥好说的了,他们心有不甘地说:“爸,您老看怎么合适就怎么办吧。”老人乐不可支。

“爸，我们嘛也不担心，就是担心您老这么大年岁还……”白方礼朝儿女们挥挥手，说：“啥事没有，你们开口支持我办支教公司比给我买罐头、麦乳精强百倍。”老人猛地一按车铃，伴着清脆悦耳的“丁零零”声，消失在晨雾之中。

不久，白方礼又把这一惊人的决定告诉了杨俊玉，杨俊玉见他劲头十足，也燃起了激情，在公司筹办中，他提供了不少帮助。在办理工商注册登记手续时，白方礼与杨俊玉商量：“老领导，咱这店取个啥名呢？”

在天津东站等候乘客的白方礼

杨俊玉沉吟了片刻说：“我看招牌就要把支持教育的意图打出来，这样更能招徕那些有爱心的顾客。”

白方礼觉得杨俊玉出的主意不错，经过斟酌，最后商定采用“白方礼支教公司”这块牌子。在取名之初，白方礼觉得用他的名字做标牌有些张扬，可杨俊玉一板一眼地分析道：“老白，你支教的事迹本地报纸、电视台已经多次宣传过，你的名字就是一块金字招牌，说不定能产生很强的号召力，让更多的人来关注教育，支持教育呢。”

时任天津市市长的张立昌同志听说白方礼的事迹和想法后，大为感动，他亲自给白方礼老人在火车站边上划定了一块小地盘，盖起了一个小小的铁皮棚，添置了货架。1994 年 9 月，全国唯一的一家“支教公司”——天津白方礼支教公司宣布正式成立！

白方礼支教公司，其实它起初只是火车站边的一个八平方米的铁皮小售货亭，经营些糕点、烟酒什么的，方便南来北往的旅客。售货亭上面悬挂着一面南开大学献给老人的铜匾，写着“无私资助，志在其才”，使这间售货亭显得格外光彩。凭着卖掉老屋的一万元和贷来的钱做本钱，慢慢地雪球越滚越大，公司由开始的一个小亭子发展到后来的十几个摊位，连成了一片。

公司开张后，白方礼显得更忙碌了，他把那个不足十平方米的小铁皮棚就当成了家，白天在铁皮棚里里外外地忙活，晚上则睡到铁皮棚里值班。这样经营了一段时间后，他突然有种力不从心的感觉，一来，他毕竟年事已高，精力跟不上，二来，他算账有困难。这时他想到了一个主意，干脆店里雇人来做，自己还去蹬三轮车，这样还能增加一笔收入呢！

他对受雇来的营业员简明扼要地说了办公司的宗旨：“我们办公司要规规矩矩挣钱，挣来的钱不姓白，姓教育。所以有一分利就交一分给教育，每月结算，月月上交。”

招了两个营业员后，白方礼还像以前一样天天出车。他说：“一天总还能挣回个二三十块。别小看这二三十块钱，可以供十来个孩子一天的饭钱呢！”这就是一个耄耋老人的精神世界。他尽自己的全部所能，撑起一片灿烂的天空，温暖着莘莘学子。

1998 年，白金凤和丈夫孙福全双双从厂里下了岗，夫妻俩都近五十岁，工作很难找，他们的儿子正在上中学，住房还面临着拆迁，断了经济来源的他们，生活费要开支、儿子上学的费用在不断增加，购置新房还需一大笔钱，听说父亲的公司经营状况还不错，白金凤就想到父亲的公司上班。

主意拿定后，她来到东站找到了白方礼，谁知白方礼一听，立即拉长了脸道：“你下岗了，要自力更生，这个买卖是为公的，你不能掺和。”

白金凤并不妥协,她对父亲说:“上阵还靠父子兵呢,你这儿的钱进进出出的,不是家里人做你放心吗?”

“家里人做我反而不放心，我的事你们一个都甭管，谁管我跟谁急。”说着,白方礼就推着三轮车要去送客了,白金凤急了,她往三轮车前一挡道:“爸,我求求您了,我们两口子都下岗在家,家中还有老有小,我们现在都靠四处借贷过日子了,我不指望您能资助我钱,但您把这份工作交给我来做,我帮您管管账,别人拿多少工资我也跟着拿多少工资,一分钱也绝不多要,爸,您就帮帮我吧。”

说到这儿,白金凤的眼泪“哗哗”地流了下来,谁知白方礼却不为所动,他尽量缓和了口气说:“金凤,你是我闺女,从情分上讲这个忙我要帮你,但我却又不能帮你,我办起这个公司,就要清清白白地告诉世人,我白方礼一切都是为国家着想为教育事业着想,我没有一分私心杂念,如果你来了,那就说不清了,有人说不定还会借此嘲骂咱哩……”

不管白金凤好说歹说,白方礼就是不答应。白金凤只得退而求其次,她求父亲道:“您不让我来工作,那您就资助我一辆三轮车,我卖蔬菜去。”

对于这一简单得不能再简单的要求，白方礼依然不能满足她,他把头一摇道:“我没钱,挣来的钱我都要捐出去。你们夫妻俩有手有脚,不能来啃老,你自己想办法去买。”说完,白方礼没时间与女儿闲扯,他乘女儿不注意,骑着三轮车“哧”的一声就从白金凤身旁窜了过去,他猛蹬了几脚,等白金凤回过神来时,他已经走远了。还不死心的白金凤就一边哭喊着一边追着车子猛跑。

于是,东站出现了令人心酸的一幕:年过八旬的白方礼骑着三轮车在前面跑,他的女儿在后面边哭边追。白方礼心如刀割,他绝不是一个无情的父亲,可正因为如此,他才不能停车,他怕女儿的哭诉会软化了他的决心,他怕自己订下的规矩在才起步时就被破坏掉。

他沿着东站骑车绕了几个大圈子，白金凤越追越没力气了，她失望地往地上一坐，伤心地抱头痛哭……

2

【坐火车就十来块钱，坐小汽车得耗多少汽油费啊，以后不许坐小汽车来。】

白方礼早年在沧州老家卖过包子，又骑了几十年的三轮车，世面算是见了不少，经济头脑历练得相当“发达”，但与一般的商人相反，他算的都是倒账，别的生意人都算计着怎样把他人腰包里的钱往自己腰包里揣，他却成天算计着要把自己腰包里的钱全部捐出去。“钱多不是好事，我要钱有嘛用？”这是白方礼经常挂在嘴边的话。

一次，白方礼生病了，他退休前所在的单位送了他一篮鸡蛋，但他舍不得吃，儿媳许秀芹心疼他，就以一毛钱一个的价格买下了他的鸡蛋，一共给了他 10 元钱，白方礼把这 10 元攒了起来，用作支教的费用。在吃饭时，儿媳把鸡蛋往他碗里夹，老人却不好意思吃，儿媳“威胁”他：“如果您不吃，我就倒掉了。”他这才含泪吃起了鸡蛋……

有一年，在沧州工作的白涣义到天津看望白方礼时带了一些蜜枣给父亲，当时白方礼蹬车去了，不在家，正巧小女儿白金凤在那儿，看到蜜枣后就拿去送了人。白方礼回到家后发现蜜枣不见了，非要追查不可，原来他已经盘算好要把这些蜜枣送给河北区敬老院的老人们，得知小女儿取走了蜜枣后，他大发雷霆，直到小女儿给了他买枣的钱后，他才又用这笔钱买了枣送到了敬老院……

白方礼老人总是把儿女们送的物品全部送到居委会或养老院。一年中秋节，儿媳许秀芹买回了一盒好的月饼，她担心白方礼又会将月饼送人，一再叮嘱："爸爸，这月饼是留着自己家人吃的，千万别送人。"结果还是被白方礼偷偷送走了，许秀芹一看月饼不见了，不用猜测就知道是公公拿去送了人，她只得再次上街买回了月饼，亲自"监督"着白方礼把月饼吃下去，她才安了心。

自从公司办起来后，白方礼几乎不回家，他就吃住在铁皮棚内。那个铁皮棚哪能住人啊！夏天热得像个蒸笼，而冬天比钻进冰窖里还冷。他的儿女们去看他时，极差的居住环境让他们直皱眉，他们就劝白方礼回家去住，白方礼却道："这个棚子我住了正合适，旧社会我们能睡到大户人家的走廊下就是极大的享受了，现在还能有个遮风挡雨的棚子住，这还有嘛不满足的。"

白方礼知道二女儿对他有"怨气"，就一直想感化她。有一次，天津师范大学请白方礼去参加一个活动，白方礼以自己身体不适、行动不便为由，故意让白金凤扶着他去，当看到那些大学生对父亲的感激之情时，白金凤也被感动了，她终于理解了父亲。回去后，她前思后想，觉得父亲说的话也没错，于是她和丈夫商量："咱们有手有脚，还怕找不到工作做？一切坎坷都会过去的。"不久，夫妻俩各自找到了工作，一家人的生活在他们双手操持下，走出了低谷。

白方礼忙起来，他经常是饥一餐饱一餐，生活极没规律。儿女们担心他把身体搞垮了，就经常送菜来。大女儿白涣义和大女婿秦志成是铁皮棚里的常客，他们经常煲好了猪蹄，煨好了汤坐火车送到天津东站来。有几次，秦志成正好到天津出差，是单位派的小车，当他坐着小车来看望白方礼时，白方礼脸色十分难看，他责怪秦志成："从沧州坐火车过来也就十来块钱，可你却坐小汽车，这谱摆得太浪费了，这得耗多少汽油费，以后你要么别来见我，来见我时就不许坐小汽车来。"

说来也怪，堂堂大学毕业而且担任沧州规划局局长领导职务的秦志成还就对目不识丁的岳父从心底里畏惧，他的无私深深地影响着秦志成与白涣义，夫妻俩也以父亲为榜样，无论在哪个岗位，无论做到多大的官，他们都能坚持勤俭质朴的本色，做到心底无私天地宽，两袖清风心悠然！他们两人经常被表彰为优秀公务员或先进工作者。

秦志成每次来东站，看到日渐黑瘦的白方礼，他常难过得直掉眼泪，他多么想把岳父拉到附近的餐馆去好好吃一顿大餐啊，可他提了几次，都被白方礼坚决地拒绝了。他说："我吃惯了这馒头和馄饨，再说我也吃过不少大餐，有些菜你们见都没见过呢！"

白方礼并不是吹牛，秦志成知道他所指的大餐是他出席全国支教模范大会和天津市劳模大会吃的会议餐，白国富曾绘声绘色地向他介绍过几次。以前出席这些会议都是白方礼一个人去，后来他年事高了，会议组织者担心他没人照料，就让他带儿子一起来参会，好有个照料。

白方礼一边吃着简单的会议餐一边对儿子说："吃，一起吃，都吃光，要是吃不完倒掉就可惜了。"吃完饭后，白方礼看到桌上还有不少剩菜，他就向服务员要来餐盒，全部打包。走出餐厅时，他高兴地对白国富说："东站有好几个叫花子，有了这些饭菜，他们就能对付几顿了。"

冬天到了，许秀芹给白方礼送饭时，看到他还没有一床好被子，回家后，他就给做了一床被。拿到被子时，白方礼特别高兴，他说："好儿媳妇，这个被子特别暖和。"

但等到许秀芹下次再去时，被子却不见了，他已经送人了。包括新买的雪地鞋，他都送给学生了。许秀芹的父亲也去看过他的亲家公，给他买了一件羽绒服和一条羽绒被，下次来都没有了，全被白方礼一件不剩地送给了别人。

他慷慨地把自己所能捐赠的东西全部捐赠，但对于别人捐赠给他的，他则能推就推。海尔集团驻天津办事处被白方礼老人的支教精神所感动，他们计划赠送一台180升的冰箱给白方礼，当冰箱送到抗震里那幢旧楼时,白方礼家住在五楼,办事处派了四五个人清理了楼道,才把冰箱拉上去,谁知拉上去以后,白方礼却说什么也不肯要,人家拧不过他,只得又拉了回去。

3

【咱公司是支教公司,不管赚多少钱,都要一分不留地捐献给学校。】

霓虹闪烁,呼应着天上的繁星点点;人流如河,源源不断地在东站进进出出。

在东站广场上的一个角落里,谁也不会注意到一个蓬头垢面的小

白方礼支教公司外景 (魏定渤 摄影)

伙子,他有气无力地蹲坐在地上,两只肮脏的手向前平伸着,嘴里像老和尚念经似的用沙哑的声音乞讨着:“大叔大妈大哥大嫂,可怜可怜我吧,我已经几天没吃饭了。”

可他的声音很快吞没在人声鼎沸的洪流之中,他的乞求几乎没有任何效果。他深深地把头垂在胸前,不得不节省最后的一点儿力气。这时,他觉得有个身影在他面前蹲下来了,他抬起头,用虚脱的目光打量了一下,他更加失望了,蹲在他面前的是个老人,从衣着打扮上一看也像个“叫花子”,年轻人对他说:“大爷,你能不能挪个地方啊,我在这地方都快讨不到饭了。”

蹲在他面前的正是白方礼, 他注意这个年轻人已经有一段时间了,这年轻人看上去身强力壮,不像有残疾的样子,可为啥这么年纪轻轻就要乞讨呢,他决定上前问个究竟。那小伙子见他东打听西打听,就有些不耐烦了:“你到底有完没完啊?我几天没吃了,都快饿死了,哪有心情跟你白话。”

白方礼站起了身子,他对小伙子说:“你等一等,我马上过来。”

不一会儿, 白方礼端来了一碗热气腾腾的馄饨, 他对小伙子说:“吃吧,趁热吃了吧。”

小伙子这才感激地朝白方礼笑了一下,端起碗来也不客气,一番狼吞虎咽,一碗馄饨很快见了底。吃完了,小伙子也似乎有了力气,他与白方礼攀谈了起来。从谈话中,白方礼得知小伙子名叫刘平(化名),是河南人,由于父亲生病,他辍学外出打工挣钱,谁知身上的钱在火车上被人偷走了,下了车的他身无分文,到了几个地方想找份工作做做,但因他没有一技之长,没人愿意聘用他,无奈之下,他只得在东站临时讨饭,想得到好心人的资助后再想他法。

听完刘平的叙述,白方礼唏嘘不已,他看小伙子人挺机灵,便问道:“小伙子,你什么学历啊?”

“高中差一年就毕业了。”

“那你一定能记账算账了？”

“记账对我来说是小菜一碟。我上学的时候，数学成绩好着呢。”

白方礼满意地点了点头，对他说：“这样吧，小伙子，你一个人在天津举目无亲，也别无去处，干脆到我那儿做会计。”

小伙子听了眼前一亮，忙问：“真的？那太好了，工资多少我不管，只要能解决吃饭就行。”

白方礼听小伙子的要求还不高，他高兴地把小伙子带到他的公司——那间铁皮棚。

刘平一看就傻了眼：天啊，这就是他所说的公司！这与乞讨有什么区别啊！

白方礼显然看出了他的不屑，笑着对他说：“刘平啊，你别看咱这地方小，可咱的生意还不错，一个月能赚万把块呢，你在这儿好好干，我也不会亏待了你，除了管吃外，每个月再给你发五百块钱的工资，你干不干？”

白方礼支教公司外表看起来很寒酸，可没想到还能赚这么多钱，刘平怦然心动了。白方礼转身又对他说：“小伙子，公司的招牌你也看到了，咱的公司就是一个支教公司，不管赚多少钱，都要一分不留地捐献给学校，你就负责帮我记账，你也是个苦孩子出身，晓得没钱上学的难处，我希望你也能做一个热心支教的人。”

两人才初次见面，白方礼就把账目交给了他，在移交给他时，白方礼还感慨地说：“我小女儿过去一直想来帮我记账，我都没答应，我看你这个小伙子人挺老实，也受过穷，我年纪大了，我想培养你做我支教的接班人啊！”

刘平接过账本时内心里欣喜若狂，但表面上却很平静地说：“白大爷，您放心，我一定好好干，争取把支教公司越办越大，多多地支持教育事业。”

他的话正好说到了白方礼的心坎上,白方礼也彻底对他放松了警惕,不光账让他记,而且现金也让他在手上周转。

但善良的白方礼哪里知道,这个刘平却是个见钱眼开的家伙,他在骗得了白方礼的信任后,就打起了营业款的主意,经常偷偷地藏钱,干了不到几个月,他就卷着钱跑了,由于账目在他的手中,他跑了以后,白方礼也搞不清他到底卷走了多少钱。

刘平的出走对白方礼是个沉重的打击,但他坚信好人还是比坏人多,很快,他又物色一个小伙子接替刘平的工作。白国富见过这个小伙子,觉得他看上去人很油滑,就提醒父亲,让他提防着这个小伙子,但那小伙子却比刘平更机灵,他经常在白方礼面前畅谈支教的理想,甚至还帮白方礼规划创建希望小学,说得白方礼热血沸腾。白方礼仿佛从他身上看到了自己的影子,他对这个小伙子信任有加,可没想到,他这次还是重蹈覆辙,小伙子没干几个月,又卷款跑了。

白方礼确信小伙子跑了后,他气得直跺脚,老泪纵横地悲问苍天:“老天爷啊,我白方礼一生行善,没嘛所求,可为什么还有人来骗我啊,那些钱可是给娃儿们的上学钱啊!”

然而,白云悠悠,苍天却无语……

4

【保安看了他一眼,不禁哑然失笑道:“看你也八九十岁了呀,你能看车,不会还得找人来照顾你吧。”】

连续两个“接班人”的出逃给白方礼以沉重的打击,严重地摧残着白方礼这棵老树。钱被人卷跑了,公司一度难以为继。那一段时间,白方礼心情不好,他真想停下来不干了,但一想到对娃儿们的承诺,他只好强打精神。有一天,他的老友杨俊玉到东站去找白方礼聊天,在铁皮棚里没找到白方礼,他正准备向别人打听白方礼的去向,这时听到身后有人喊他,他一回头,看到一位苍老枯瘦的老人,他辨认了半天,才认出是白方礼,整个人都瘦得脱了形。

杨俊玉惊讶地问:“老白,才几天时间不见,你咋变得这样消瘦了?”

白方礼说:“支教公司停了,我舍不得走,几天没吃饭了,也没法定期资助学生了,我不想活了。”

白方礼的话让杨俊玉深深震动。杨俊玉把白方礼安顿在自己家中,给他做思想工作:“你支教是对的,我支持你,你不许想不开。我要找记者报道你,让大家都跟你学,都像你一样支教,但你要保证给我活到 100 岁!”一听说要安排记者来采访他,白方礼连连摆手道:“老领导,千万别约记者,我支教可不是想出名的!”

杨俊玉的劝慰并没有止住白方礼的伤心。又过了很长的一段时间后,他的心情才逐渐平静了下来。时值春分,外面春雨霏霏,那一天,白方礼在细雨中坐了很久, 支教以来的往事云一样地悠然合拢起来,聚成一场一个人的雨,那是心雨,冰凉的雨丝抽打着他那颗滚烫的心,但这场雨又荡涤着他的灵魂,使他对人生大彻大悟,更牵出了他的串串怀想。雨后的心情,澄空碧澈,如回故乡,如归自然。

两个打着支教旗号骗取白方礼信任的人走了后,白方礼的家人曾劝他去报案,他们当初对白方礼所说的老家的地址应该不会假,如果要找他们也费不了多大的劲儿。白方礼经过再三权衡,最终他还是力排众议说:“天要下雨,娘要嫁人,由他去吧。”白方礼也在心里默默地说:“但愿你们能学好,走正道,以后不要再犯这样的错误了。”

1998 年,白方礼在骑三轮车送客时摔了一跤,虽没有大伤,但却

初冬凌晨，白方礼在做出车前的准备。（魏定渤 摄影）

扭了筋。民间有个说法：伤筋动骨一百天，白方礼不得不回到家中休养了一段时间，等恢复过来时，他又要去骑三轮车，他的儿女们说什么都不答应了，白方礼这回拗不过他们众口一词，但他还是偷偷地把三轮车推出来跑了一趟，谁知，过去他一骑上去就驾轻就熟的车子，现在骑起来却倍感沉重，脚刚踩了几下，他就气喘吁吁、大汗淋漓，握住车龙头的两只手也不停地颤抖，方向已经掌控不准了……

他叹了一口气，无力地从车上下来，他一边抚摸着那磨得发亮的车龙头，一边感伤地说："老伙计，你一点儿都没有老，我却老了，我现在骑不动了，我可能再也不能与你相伴啦。"说到这儿，他的眼泪止不住流了下来。

三轮车不能蹬了，可白方礼却并不闲着，他还是日夜守在他那个铁皮棚里。2000 年春，东站进行广场整治，他租用的铁皮棚也面临着拆迁，得知这一消息后，白方礼心急如焚，他已经不能再靠三轮车挣钱，现在支教的钱全部指望着这铁皮棚里的小生意，要是这铁皮棚拆了，公司的"基地"也就没了，杂货店开不下去，他能到哪儿去挣钱支教呢？

急得如热锅上蚂蚁的他找到了杨俊玉，杨俊玉安慰他道："老白，这些年你风里来雨里去，已经为社会做了不少贡献，你现在也快九十岁了，干不动了，你现在就是歇下来，绝没有人会怪你的。"

“老领导，你不是拿我开心吗，你知道我这个人就是怕闲着，怕没嘛事儿干，你人头熟，比我会说话，能不能帮我去找他们商量商量，那个铁皮棚暂不忙拆呢？”

杨俊玉感到十分为难，但看着白方礼期待的眼神，他只好答应了。但他一打听，东站改造是整个城市改造的一部分，这是整体规划，绝不可能在哪个环节上松动，铁皮棚是非拆不可了。

杨俊玉无功而返，白方礼无言以对，沉默了好一会儿，白方礼才下定决心地说：“政府要拆就拆吧，这也是造福市民的一件好事，我坚决支持，绝对不当‘钉子户’。”

2001年春，一阵轰隆隆的推土机声响起，天津东站一溜的铁皮棚全被推平了。推平的那一天，已经重病在身的白方礼还是让女儿搀扶着来到了东站，看到那片陪伴了他五六个春秋的铁皮棚说没就没了，他老泪纵横，心里暗自焦急：“没了收入，到哪儿挣钱支教呢？”

铁皮棚被推平后，白方礼天天到东站来转上一圈，东站那些认识他的人老远就跟他打招呼，其中有个叫喜子的中年三轮车夫那一天突然走到白方礼面前，向他鞠了一躬道：“白大爷，我向你道歉来了，以前我看到你抢了我们的不少生意，我可没少拔你的气门芯，可这几年我看到你在铁皮棚里办公司，把赚到的钱全部捐到了教育事业上，我心里有说不出来的滋味，本想早就向你赔罪，但一直没鼓起勇气，现在我再不赔罪，以后说不定就没有机会了……”

说到这儿，他声音哽咽，白方礼听明白后，他笑着对喜子说：“我早就猜出是你干的了，过去的事情已经过去了，就算了，你也不用向我赔罪，要是你有这份心，以后就多多支持教育事业吧。”

喜子用力地点了点头，他眼眶里蓄积的泪水夺眶而出……

有一天，白方礼照例到东站去转悠，经过一处自行车存车棚时，他突然觉得少了些什么，原来，这个自行车棚有个看车的中年妇女，她认识白方礼，每次白方礼从这儿经过，她都会喊声白大爷，和他打声招呼，可一连几天，那个中年妇女都未出现在自行车棚里。

他好奇地向看守办公楼的一个保安打听，保安告诉他，那个中年妇女又找到了一份工资较高的工作，她就辞去了这看车的活儿。

“那现在怎么没人看车了？”

“唉，看车的工资低，不好招人啊。”保安叹息道。

“你看我中不中？我可以来帮忙看车呀。”

保安看了他一眼，不禁哑然失笑道：“看你也八九十岁了呀，你能看车？不会还得找人来照顾你吧。”

保安的话说得有点儿重，白方礼正准备争辩，这时，从办公楼上下来了一位干部模样的人，他看到白方礼后，赶紧跑了过来打招呼：“白大爷，哪阵风把你吹来了？”

原来他认出了白方礼，接着他告诉保安：“你面前的这个老人就是咱天津大名鼎鼎的支教模范白方礼。”

那保安显然也早就听说过白方礼的名字，他先是一怔，而后立即反应了过来，惊喜地说：“白大爷，果真是您？没想到您老还这么精神！”

白方礼一乐，他笑道：“你也说我精神好，那这看车的活儿我还能干？”

从楼上下来的干部是办公室主任，他得知原委后，也爽快地答应了下来。第二天，白方礼就成了看车人。但这项工作他并没能像预想的那样干得长一些，他只干了三个多月，已经潜伏在他体内的病魔，抢占了绝对的制胜“高地”，它们蓄势而发，纷纷露出了狰狞的面目，与白方礼的躯体、意志展开了拉锯战，在这场大战中，白方礼的躯体战败了。

病魔袭来时，白方礼感觉身体内有种说不出的难受，他变得嗜睡起来，肢干也变得僵硬乏力，精神状态一天不如一天，在硬挺着看车的最后一天，他清点了角票和硬币，一共是 521.21 元，这些钱他一分也没舍得花。

告别的那一天，正好又是那个保安值班，白方礼蹒跚着走过去跟他道别道："小伙子，你说得对，人是扛不过年纪的，我现在力不从心了，这看车的活儿我干不了啦，咱们就此别过吧。"

那保安的眼眶也红了，他目送着白方礼走了很远，可目光还停在远方，仿佛那目光能穿街过巷，追寻着白方礼的身影……

第七章

35 万善款,300 学子,真情似泉直抵心灵

1

【我过得是苦,挣来的每一块钱都不容易,可我心里是舒畅的。看到大学生们能从我做的这一点点小事上唤起一份报国心,我高兴啊!】

两摞砖上面搁一块木板和一件旧大衣,这就是“床”!

两个冷馒头加一瓶凉水,就一点点咸菜疙瘩,这就是“食”!

从头到脚穿的是不配套的衣衫鞋帽,看起来像个乞丐,这就是“衣”!

难道白方礼就不能睡席梦思,隔三岔五地吃上鱼肉,穿得舒适好看一点儿吗?他完全有条件做到这样。且不说他儿女成群,有的还担任着领导干部,仅就他的退休工资就够他过一个丰衣足食的晚年了。还有,他创办的白方礼支教公司,一个月能有上万元的利润,这强有力的

经济后盾绝对能保证白方礼过的日子有滋有味。

然而,他还是选择了“苦行僧”式的生活！不,这不是选择,是他别无选择！

他承诺,每月要给南开大学、天津大学的贫困学子定期捐助;他承诺,每月要给红光中学藏族班的学生提供每人30元的生活补助;他承诺,每月捐助1000元给华夏未来少儿艺术基金会,用于对基金会选出的40名贫困学生进行资助……

他还要给敬老院的老人献爱心,还要向社会慈善机构献爱心,还要向社会弱势群体献爱心……

没有人逼着他这样做,也没有人督查他进度。但他的心里,却有一根鞭子,时时鞭策着他、激励着他、驱动着他！

责任如山啊！

对于一个没有百万家境且风烛残年的老人来说,他只能将自己的生活标准压了又压,他只能将自己的欲望需求降了又降！

有人曾嘲讽老人是填海的精卫:“中国那么大,人口那么多,就凭你那么一点儿钱能起到什么作用?”

老人笑答:“帮助一个是一个,总比不帮强啊。”

有人曾感慨老人的生活过得太苦:“你本身也是个弱势群体啊,你就是少捐一点儿,改善一下自己的生活,绝对没有人会责怪你。”

老人笑答:“我过得是苦,挣来的每一块钱都不容易,可我心里是舒畅的。看到大学生们能从我做的这一点点小事上唤起一份报国心,我高兴啊！”

《天津日报》的摄影记者李锦河是白方礼的老朋友了,从白方礼开始走上支教征程的那一天起,他就密切地关注起这个老人,刚开始,他追着老人拍照片,可白方礼太忙碌,常常把他给“甩”了,他临时抓拍的一些照片在他苛刻的审美眼光看来,并不理想。

给白方礼多次拍过照片的《天津日报》记者李锦河工作照

“如果你照片拍得不够好，说明你离被摄者不够近。”摄影大师罗伯特·卡帕的名言成为李锦河的座右铭，于是他经常暗中追随着老人，给老人定格精彩的瞬间。在拍摄途中，他常常被白方礼的所作所为感动得泪流满面。很多时候由于拉活儿需要，白方礼老人走到哪儿就睡在哪儿，一张报纸往地上一铺，一块方砖往后脑一放，一顶帽子往脸上一掩，便是他睡觉前的全部准备“程序”。

有一次，李锦河目睹白方礼从一个小区居民刚扔下的垃圾袋里翻出了一只袜子，他开心极了，连忙收了起来。当老人一抬头，看到端着照相机的李锦河后，老人不好意思地解释道：“这袜子挺新的，我正好拿回去配成对儿。”

李锦河泪眼蒙眬，老人索性敞开了说：“我从来没买过衣服，你看，我身上这些衬衣、外裤，都是平时捡的。还有鞋，两只不一样的呀，瞧，里面的里子不一样吧！还有袜子，都是捡的。今儿捡一只，明儿再捡一只，多了就可以配套。我从头到脚、从里到外穿着的东西没有一件是花钱买的。”

李锦河看过老人的“吝啬”，也见证过老人的“大方”。有一年夏天，老人途经华安街小学，他掏出1000元钱去捐完款后，经过教室窗口时，他停顿了一下，自己年少时在村里私塾窗外听课的场景再现眼前，与过去相比，现在的孩子太幸福了，绝不能让这些孩子没钱上学。

这时，一抹强烈的阳光照在窗台上，透过玻璃直射到坐在窗边的孩子们身上，那些孩子们被烈日晒得受不了，有的拿起书包来遮阳，有的撕一张作业纸粘在玻璃窗上……

白方礼心里一激灵，这夏日的太阳不影响孩子们读书吗？几经考虑，他想出了一个办法，他将手头仅剩的两万多元钱拿出来，买来遮阳罩，把河北区所有学校的窗户都安上了遮阳罩，送孩子们一片阴凉，让孩子们安下心来读书。

白方礼的小铁皮棚拆除后，没有“屋”了，他为了仍能够拉活儿，就用块摊开的塑料编织袋布和四根小木杆撑起了一个只有半人高的小棚。暴雨之后，经常能看到老人在太阳下晒被雨水浸湿的被褥。

老人要去南开大学给贫困学生捐款时，学校要派车去接他，他说：“不用了，把省下的汽油钱给穷孩子买书。”他自个儿蹬三轮车到了学校。捐赠仪式上，老师把这个事一讲，台下一片哭声。许多学生上台从老人那里接过资助的钱时，双手都在发抖……

一次，天津大学举办白方礼助学基金发放仪式，邀请白方礼老人和受资助的困难学生参加。听着学生们的学习汇报，白方礼无比欣慰，他激动地说：“你们花我白爷爷一个卖大苦力人的钱确实不容易，我是一脚一脚蹬出来的呀，可你们只要好好学习，朝好的方向走，就不要为钱发愁，有我白爷爷一天在蹬三轮，就让你们娃儿有学上、有饭吃。”

白方礼老人的“即席演讲”，让大学生们哭成了一片。

一幕幕真情上演的故事深深地打动了李锦河，也感动了众多的天津市民。在追随白方礼的日子里，李锦河的快门不停地按下：烈日当空，老人骑车擦汗的镜头；老人倦了睡在车站地上的镜头；老人欣喜数钱的镜头……

在这些照片上，瞬间被定格成永恒，精彩被浓缩于方寸。

无声黑白中，老人支教的故事在流传！

2

【我们来的人家里都穷，没钱供我们上学，达娃和墨脱的父母都没了，他们是孤儿，比我们还要困难……】

仰望蓝天，云卷云舒，变幻无穷。时而像羊羔数头，围着母羊吸奶；时而像银鬃白马一匹，风驰电掣般飞行空中；时而像雪狮两只，正翻滚嬉戏，争抢着一只雪白的绒球。

青天昊昊，白云悠悠，藏族姑娘的歌声令人着迷——

“美丽的高原红，暖在我心中。当年的酥油茶，还是那样浓。藏族姑娘的青稞酒，让我醉在不眠中……”

辽阔壮美的青藏高原如一颗璀璨的明珠镶嵌在祖国的西部，然而由于气候、交通等多种条件的制约，西藏的教育事业发展滞缓。《中华人民共和国教育法》上明文规定：“中华人民共和国公民享有平等的受教育权利。”为了体现教育的公平，沿海发达地区开始设立藏族班，将西藏的孩子接过来接受教育。天津市红光中学是全国创立藏族班较早的学校，他们从1985年起就设立了藏族班。

这些藏族的孩子在自己的家乡上完小学后，小小年纪就开始异地求学，他们中大部分家庭经济状况不好，还有的父母双亡，成为孤儿。尽管学校给他们免除了学杂费，而且在生活上尽可能地照顾他们，但毕竟经费有限，藏族学生在生活中还是遇到了不少问题，有的孩子没钱买文具，有的孩子舍不得花钱吃饭，学校的负责人为此而忧心忡忡……

1993年一个阳光灿烂的春日，白方礼骑着他的三轮车来到了红光中学捐款，适逢学校下课，推着三轮车正打算走出校门的白方礼突然看到一大群学生中有一些看上去像是少数民族的学生，白方礼就好奇地向学校老师打听，老师告诉他，这些都是藏族班的学生。

白芳礼老人常到天津红光中学看望他捐助的藏族学生。（李锦河 摄影）

白方礼听说是西藏来的学生，他高兴起来，走到一位西藏学生的身边，和蔼地问道："小姑娘，你是西藏来的吗？你叫啥名字？"

小女孩抬头看到一个汉族的老大爷正满面慈祥地看着她，她也好奇地打量着白方礼，心里在想：这穿得破破烂烂的老大爷我怎么从来没在学校见过啊？

这时，又有几个藏族班的同学围了上来，先前被问话的小女孩胆子也就大了起来，她响亮地答道："我叫央宗，是藏族班初一年级的学生。"

"你们在天津生活得习惯吗？想不想家呀？"白方礼想进一步了解他们的生活情况。

"怎么不想呢，"一个名叫措勒的男孩昂起头答道，"不过在这儿我们学习很开心，将来我们学好了本领，就回家乡去建设新西藏。"

"好，有志气！"白方礼不由得对他们竖起了大拇指，接着他问，"你们在这儿有嘛困难没有？"

立即有几个小孩低下了头，央宗嗫嚅着说："我们来的人家里都穷，没钱供我们上学，达娃和墨脱的父母都没了，他们是孤儿，比我们还要困难……"

孩子们的话让白方礼心头"咯噔"了一下，过去，他曾经听人说过西藏，知道那儿幅员辽阔，但地处高原，气压很低，有些地方终年积雪，还有不少地方是不毛之地，藏民们家里都很穷，能供得起孩子们上学的少之又少。

白方礼沉吟了片刻，他又问起一个学生："你们这个班有多少学生？"

"五十多个呢。"

"好，那白爷爷每个月资助你们每人 30 元，如果不够的话，我再想办法增加，孩子们，困难是暂时的，国家现在发展得很快，你们的家乡也需要你们学成知识后回去出力,你们就安心地在这儿上学,我做你们的后盾。”

一诺千金!

从1993年到1998年,白方礼老人先后资助了红光中学的两百多名藏族学生,月月给他们补助,直到他们高中毕业。

白方礼所资助的这些藏族班的学生有不少考上了大学,大部分在大学毕业后都选择回到西藏,为建设新西藏出力献策。

央宗大学毕业回到家乡后,她给白方礼写了一封言辞恳切的感谢信:

尊敬的白爷爷:

我在海拔六千多米的青藏高原给您写信。在红光中学读书期间,您一直默默地关怀着我们,为我们捐款,您是那样的不辞辛劳,让我们度过了难忘的岁月,您的品质就像青藏高原上的马兰花一样圣洁。如今我在西藏工作得很舒心,青藏高原也正发生着日新月异的变化,我为家乡的变化感到骄傲和自豪,我们感受着您伟大的爱心,更传承着这融融爱意,您纯朴无私的爱已被深深根植于青藏高原上,我们要将青藏高原最高的礼仪——洁白的哈达献给您,以表达我们真诚的感激之情。

此致

敬礼

央宗敬上

白方礼听儿子读完寄自青藏高原的来信后,他非常高兴,连忙把央宗寄来的哈达取了出来,围在脖子上,笑眯眯地对白国富说:“我要戴着这哈达拍张照片寄给央宗,让她知道,白爷爷永远在看着她呢。”

这张照片通过天邮之路，寄到了西藏，更寄到了藏族同胞的心间！

3

【这些从穷苦地区来的孩子，不刻苦学习怎么能考上大学？我今天捐一点儿钱让他们买书学知识，买吃的补身体，我坚信他们中间会出大人才。】

韩国电视剧《冬季恋歌》里有一段经典台词，该剧男主人公俊尚对女主人公惟真说：“如果迷路一定去找北方那颗最亮的星，因为它的位置不会随着时间季节的变化而移动。”而白方礼心中最明亮的那颗星就是支教事业，这是执着追求者心中的北极星，守望在岁月的天空中，永远不离不弃！

有记者在采访白方礼老人时，曾向他打听他的捐款给了哪些学生，能不能提供一份受资助学生的名单。

这却让白方礼为难起来，在他捐资助教的十多年中，还真未统计过受资助的学生名单，一来他不识字，保存不了名单；二来他每天的时间都安排得非常紧凑，也没那时间去整理名单；三来他不图那些学生娃给他任何回报，因此，他也不需要记住受他资助的学生名单。

有一次，天津师范大学邀请热心助教的人士来学校给学生做报告，受邀的大部分是事业有成的企业家，他们为助教，常常很轻松地就是一掷万金。当他们西装革履、宝马香车地出现在大学校园时，其中一些人本以为他们这些曾施恩于大学生的公益人物会受到学生们的夹道欢迎，然而当他们兴冲冲地进入校园后，那些大学生却并没有对他们表示出发自心底的感激。

他们纳闷儿：难道现代大学生的素质江河日下了，连起码的感恩之心也没有了？他们很快就找到了答案，不是大学们缺失感恩之心，而是在做这场报告时，有一个“明星人物”被大学生们团团包围住了。

海尔集团得知白方礼的支教事迹后，特别委派驻天津办事处经理给白大爷送来新出厂的新款电冰箱以资慰问。白大爷当即要求把新冰箱搬下楼去，送给最需要的人。（魏定渤　摄影）

拨开人群，出现在他们眼前的是一个如叫花子打扮的老年人，推着他的三轮车，双目慈爱地看着眼前的这些孩子们，而他们却泪光闪动，有的说：“白爷爷，听说您今天要到学校来，我兴奋得昨天一晚上都没有睡着。”

有人说：“白爷爷，您太累了，让我来给您推这辆三轮车吧。”

有人说：“白爷爷，您看上去瘦了，您可得保重身体啊。”

眼前就是那个传遍天津的传奇人物白方礼！那些大老板们的目光由惊愕变成钦佩，就捐资数量而言，他所捐的钱与他们相比，恍若大海里的一朵浪花，仿佛蓝天下的一棵青草。

但，一滴水虽小，它却能折射出太阳的光辉，无数朵浪花就能汇聚成气势磅礴的大海；一棵草虽小，它却是生生不息报春的使者，无数棵青草就能净化整个人类居住的环境。

与那些一上台就能侃侃而谈的人相比，白方礼登台后却显得口拙。早在1996年，他曾经是天津唯一参加由中国个体劳动者协会组成的“光彩之星”巡回演讲团。演讲团的其他成员有的背熟了底稿，有的上台照稿子念，白方礼却记不住稿子，他只能结合自己的实际，临时发挥，他所讲的语句也许前后不连贯，也许还有许多病句，也许他能沉默在讲台上一分钟内说不出一个字。

但，他所说的每一句话、每一个字却都深深地渗入人心，引起共鸣。他是真正的心灵演说家，他质朴的演讲就是一场深刻的心灵洗礼，总能赢得掌声。

“我知道这些从穷苦地区来的孩子们都是好孩子，不刻苦学习怎么能考上大学？我今天捐一点儿钱让他们买书学知识，买吃的补身体，我坚信他们中间会出大人才……”

听，多么质朴的话语，无须华丽的辞藻，无须铿锵有力的声音，却是那么打动人心，台下的人掌声经久不息，眼眶内的泪花闪烁不断。

一位来自新疆地区的贫困学生，学习优秀，没毕业就被天津一家大公司看中，拟以高薪聘用。这一天，他听了白方礼的演讲后，走上台激动地说：“我从白爷爷身上感到了一种前所未有的精神和力量。我正式向学校、向白爷爷表示：毕业后我不留天津，要回到目前还贫困的家乡，以白爷爷的精神去为改变家乡面貌做贡献！”

他深深地向白方礼老人鞠了一躬。全场掌声雷动。白方礼老人高兴得流下了眼泪。

4

【他也曾想过终有一天他会力不从心，那时他想的就是干一天算一天，真到干不动时就撒手吧，可当这一天真正来到时，他心里竟然割舍不下了。】

雪花漫天飞舞，在自行车看守场，白方礼裹紧了身上的衣衫蜷伏在那里，他的头发、胡子全白了，身上已经被雪浸湿。

他的两只眼睛依然那么有神，他不时翻一个身，对着手呵一口热气，眼前的天气将他的思绪拉到了几十年前的那个冬天。在那个冬天，他为救一个药房的伙计，骑着车赶到了几十里外的静海，随着岁月的流转，怀旧的钟声时常在胸腔里震响，他倒有些怀念那个时光了。

"要是再有那时的力气多好啊。"白方礼翕动着嘴唇，喃喃自语，可是他也知道逝去的时光不可能再回头了，留下的只能是几行淡淡的脚印。

在这个大雪天里，白方礼正在看守着那些自行车，他的双臂有些疼痛，上次摔了一跤后，筋骨一直未能痊愈，他心想：我要是回去了，就再也不能出来做事了，那些娃儿们咋办？

室外寒气逼人，他的内心却忧心如焚。自己实在干不了了，眼睛常不由自主地合上，就是走动几步也会气喘吁吁，这样的一个老人，却要照看着这么多的自行车，他明显地感觉到一些车主投来的不信任的目光，是啊，要是真来了小偷，不要说他们偷偷摸摸，就是他们当着他的面把自行车扛走，他也无法撵上啊。

白方礼心情灰暗，从1987年开始支教，到现在的1999年，他扳着指头算了一下，支教包头包尾13个年头，这13年来，自己一共捐了多少钱？他不知道，反正是有钱就捐，他所挣的每一分钱都捐给了教育事业。

当他义无反顾地走上支教征程时，也曾想过终有一天会力不从心，那时他想的是干一天算一天，真到干不动时就撒手吧，可当这一天真正来到时，他心里竟然割舍不下了。

此时的他心乱如麻，头脑里依稀传出两个不同的声音，一个声音说："白方礼，你服老吧，如果你再这样硬撑下去，要是倒在这儿，还要麻烦别人呢！"白方礼点点头，觉得这个声音说得有理。

可另一个声音也在说："白方礼，你不是说过你只要还有一口气在你就会支教不止吗？你现在为啥要打退堂鼓了？"

白方礼无言以对，他感到周身的热血在沸腾，他还要咬着牙关继续干下去！

第一个声音显然不服气，他叹了一口气说："说是干到最后一口气，但人老了，腿脚就不听使唤了，你卖的是苦力活，如今你的力气没有了，你还能卖什么？"

是啊，自己没了力气，还能卖什么呢？白方礼心潮起伏，这时另一个声音又说："白方礼，你就是一个符号，你在干着，就是要让世人都来关心教育事业，你的示范意义已远远大于亲力亲为。"

两种声音相互纠缠着，把白方礼的头脑搅得很乱，他索性闭上了眼睛，不再去想了，可是他竟然睡着了。过了好长一段时间，他被一阵吹来的冷风惊醒，他一激灵，想起身要去厕所，但他发现手动不了，腿也动不了了，他想张口叫人来帮忙，可张了张口，一阵凉风直灌入他的喉咙，他竟发不出声来了！

他着急，硬憋着一口气，可越是憋气使劲儿，他越是动弹不得，两只受过伤的胳膊还一阵钻心似的疼痛。憋完气后，他感觉浑身疲软，有气无力地躺在地上，又过了一段时间，他再试图挥动双手时，双手竟然动了起来，他再试着转动着双脚，双脚也动了起来，一阵麻木的感觉袭来，他咬了咬牙，用力一撑，终于站了起来，不过站起来的姿势颤巍巍，风一吹动就要倒下来的样子，他连忙又一屁股坐了下来，又休息了片刻，这才缓缓地站了起来……

那一刻，他老泪纵横。他开始服老了，自己真的不能再继续干下去了，要是再蛮干下去，不光不会给别人帮忙，到时还要别人来照顾自己，这不是添乱吗？为了自己而麻烦别人，白方礼是最不愿意的，他把心一横，终于下定了决心：辞职！

白方礼老人蜷缩在车站附近一个自行车棚里，硬是给人家看了三个月的自行车，每天把所得的一角、两角、一元、两元的零钱整整齐齐地放在一个饭盒里，等存满五百多元时，他揣上饭盒，蹬上车，在一个飘着雪花的冬日，来到了天津耀华中学。

老师和同学们都看到，他的头发、胡子全白了，身上已经被雪浸湿。

他向学校的老师递上饭盒里的五百多元钱，说了一句："我干不动了，以后可能不能再捐了，这是我最后的一笔钱……"

老师们全哭了，同学们也跟着抽泣起来……

5

【只为了让更多的娃儿们能有书读，能安静地读书，他心甘情愿地捧上那颗滚烫火热的心。】

那是一双沟壑纵横的手，上面结满了老茧，老得像一张榆树皮，黑色的老人斑星星点点分布在手背上。这双手伸出来时，有些颤颤巍巍，毕竟这是一双浸染了八十多载风霜的老人的手，但你握上去却特别有劲,似铁的强,似钢的韧。

这双手曾经一次又一次将带着微热体温的一沓又一沓零散的钞票交到各个学校,这双手曾经一次又一次接过一张又一张大红的烫金的奖章与证书。当这双手递出钱时,老人是满怀喜悦的,当这双手接过奖状时,老人却是满心惶恐。老人最怕惊动“上面”,他经常说:“我没做嘛事儿,又让上边重视了……”

他的心似一轮皓月,荣誉非其所求,金钱非其所求,地位非其所求,只为了让更多的娃儿们能有书读,能安静地读书,他心甘情愿地捧上那颗滚烫火热的心啊。

白方礼从没想过要得到回报。捐助的款项,也大多是通过学校和单位送到受助学生手里的,老人从没有打听过学生的姓名。有人试图在老人那里找到曾经被资助的学生名单,但只发现一张他与几个孩子的合影——这是唯一的一张照片。

当问老人对受他资助的孩子有什么要求时,老人的回答很朴实:“我要求他们好好学习,好好工作,好好做人,多为国家做贡献。”

吃的是草,挤的是奶,这可是白方礼老人的真实写照啊!

从 1987 年,他捐出他赖以养老的甚至用来改善全家生活条件的 5000 元起,他第一次倾其所有干过那件“惊天动地”的豪壮之举后,他就如乐队指挥,围绕着壮美的支教事业,指挥着乐队弹奏着高亢的《生命交响曲》,乐队成员里有他的三轮车,有他的铁皮棚,有他那只捡来的收音机,还有那只别人送给他的黄莺鸟……

音乐响起,他沉醉其中,不能自已。序幕一经拉开,他就开始了不能停息的演奏。

老人这些年究竟捐了多少钱,他没有账本,他亦不能完全用脑子记下来。在老人去世后,天津市的媒体经过深入的调查统计,为老人建起了并不完全的支教档案。根据媒体的有关记录,摘抄如下:

1987年为河北省沧州大官厅乡白贾村小学捐款5000元。

1988年为中小学幼儿教师奖励基金会捐款5000元。

1989年为天津市教师奖励基金会捐款800元。

1990年为沧县大官厅乡教育基金会捐款2000元。

1991年为天津市河北区、津南区教师奖励基金、北门东中学和黄纬路小学等,共捐款8100元。

1992年为“希望工程”和家乡白贾村小学捐款3000元。

1993年，为我国第一个“救助贫困地区失学少年基金”捐款1000元。

1994年为天津市河北区少年宫捐款1000元。自1994年开始,白方礼每月定期资助南开大学困难学生,总金额约三万四千元,两百多名南开大学的贫困学生得到了资助。

1995年开始，历时三年为红光中学藏族班困难学生捐款近五万元。

1996年，华夏未来少儿艺术中心设立了“白方礼艺术教育助学金”,白方礼每月资助1000元。基金会负责选出40名品学兼优的特困生,向他们转赠白方礼老人资助的心意。

此外,天津大学、天津师范大学等高校也都收到了白大爷捐出的不同数额的支教捐款。白方礼老人的捐款总数累计起来高达35万元。

35万元,在富豪眼里不是大数字,但在平民百姓眼里,那可能是有些人一辈子也攒不下来的积蓄。白方礼的儿女们,直到现在也生活在清贫之中。可这35万元却被白方礼全部捐出去了。

白方礼除了支持教育事业，他对社会的各项公益事业都特别热心,据河北区鸿顺里街团结里居委会原主任成洪波老人回忆,从1982年开始从事个体客运的白方礼,就已经开始了公益捐助活动,他为街道居委会做了很多工作,包括热心扶贫助残、为街道开展“三八”妇女节和“六一”儿童节活动捐款、出车出钱组织贫困居民去旅游等,像第43届世乒赛,还有天津站建设,他都捐过款,而且捐过以后,人家给打一个收条他都不要。到学校捐款,有时他学校门都不进,直接将钱放在传达室,托传达室的工作人员代转。天津建周恩来与邓颖超纪念馆,白方礼得知后,他第一个赶到基建办捐款,他对工作人员说:“周总理与邓大姐是咱中国人的大救星,他们曾经在天津工作和奋斗过,如今他们终于能落户天津,那是咱天津人的福分!”

有人这样替老人算过一笔账,如果老人每骑行一公里收5毛钱,35万元就得骑行70万公里,那相当于绕行地球整整18圈啊!白方礼老人创造了世界奇迹,这个奇迹,属于全人类!

第八章

病榻前的真情反馈，走过风雨见人间彩虹

1

【“等我病好了，我还要蹬三轮挣钱资助你们读书”，这是老人在病房里对前去看望他的孩子们说的话。】

白色的窗户、白色的床单、白色的墙壁，映入眼帘的一切都是白色的。

白方礼是第一次躺在这白色的病房里。他环顾四周，眼神中透露几许紧张与无奈。他是一个闲不住的人，可是因为身体的原因又不得不住进了医院。他曾试图挣扎着想起床，对在病床前照料他的儿子白国富说：“我身子骨还行，住嘛院呀？我要回家。”

白国富安慰着父亲，他深知父亲的脾性，他对父亲说：“爸，您先别急，您确实没啥大毛病，但医院要给您做个检查，要住院观察一段时间，过几天就能回家了。”

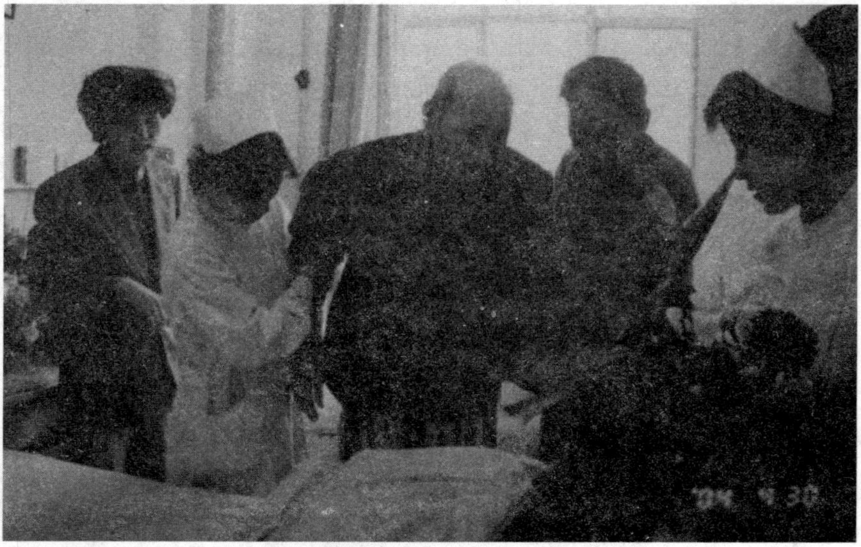

病重住院的白方礼（白国富 提供）

其实，医生已经诊断出白方礼患有多发性腔隙性脑梗塞、原发性高血压、冠状动脉硬化心脏病、瓣膜退行性病变、老年型白内障、神经性耳聋，并有脑萎缩及消化道出血等多种症状，这些病就是单个“落户”到人的身上，也是一场“浩劫”，可如今这些可怕的疾病却集中在白方礼这个羸弱的老人身上“落户”，谁都知道，即使再好的医疗水平，也回天乏力，唯一的办法只能保守性治疗，延续白方礼一段时间的生命。

从 2001 年开始，白方礼展开了与死神的生死搏斗！

白国富还清楚地记得，那一天，父亲从自行车看守棚里回到家中，他是那样的疲惫与虚脱，白国富看着消瘦的父亲泪雨滂沱，为了阻止父亲过度地透支健康，他曾多次劝阻，可办法都用尽了，父亲却似一头倔强的老牛，愣是拉不回头。

父亲的这次回家是短暂的停留？还是他想长期回家休养？父子间心脉相通，白方礼似乎知道了儿子心底的疑问，他叹了一口气道：“国富，爸老了，爸再也干不动了，爸恐怕要在你这儿养老了。”

白国富泪流满面，他激动地拉着父亲的手说：“爸，这儿就是您的家啊，您能回家太好了，我们一定会好好照顾您。”

白方礼定定地望着白国富，他怔怔地坐在椅子上有些出神。这些年他在外奔波，一心一意支教，可却没少让儿女们担惊受怕，儿女们在支教事业上给予的支持也数不胜数，扪心而问，自己反倒对儿女们关爱少了许多，有时近于苛刻和无情。想到这儿，他的内心深处涌上了愧疚感……

回到家后，白方礼身子骨一天不如一天。2001 年的一天早晨，他起床后感到头晕乏力，浑身的骨头像散了架，白方礼喃喃自语：“在家休息了这么长时间，身子骨都懒了。”

白国富见父亲脸色不好，就打算带他到医院去看病，白方礼却不肯去医院，他说：“我这大半生都没生过嘛大病，结实着呢，即使有嘛病，咱这把老骨头，治疗也没价值，反而浪费钱。”

可白方礼终究没执拗过身体，过了一天，他的症状不减反增，他甚至走一点儿路都感到无力，但他还是咬牙硬撑着，但撑了不到半天，吃了午饭后，他再也撑不住了，碗一推时，他眼前一黑，靠在椅子上沉沉昏睡。白国富见状，二话不说，立即背着父亲到了医院，经过一系列检查，才得知看似健康的父亲竟然患了这么多种疾病，手捧着诊断书，白国富热泪盈眶，百感交集……

白方礼住了一段时间医院，医院对他采取了保守治疗的办法，他的病情得到了控制，但医生嘱咐白方礼：“你现在的身体情况虽然好了些，但不能再从事重体力的劳动了，得在家躺着。”

出院后，白国富强行把他接到家里供养。看着瘦弱的父亲，白国富常常自责，自己没有照顾好父亲。他在心里喃喃地自语，爸爸，看光阴老了你我，我只想对你说声：“爸爸，您的前半生我无法参与，您的后半生让我陪您走过！”

白方礼老人即便卧病在床，心里却念念不忘那些贫困学子，白国富灵机一动，他主动到天津的一些学校联系了一些特困生，每逢星期天，就分批将他们请到家里，让他们陪老人聊天。看到孩子们来看他，白方礼特别高兴，他对孩子们说：“等我病好了，我还要蹬三轮车挣钱资助你们读书。”

在他们临走时，白国富就会巧妙地掏出几百元钱塞到父亲手中，对他耳语道：“爸爸，这是我帮您领的退休金，你拿去捐给他们吧。”其实，白方礼的退休金月月被透支献了爱心，这些钱都是白国富自己从工资中挤出来的。白方礼病重了，自然无法记账，儿子给他的钱他就真当成了自己的退休工资，每次捐出去，他的脸上就会露出满足的笑容。

2003年，白金凤抢着把父亲接到了自己家中照料，她对不情愿的白国富说：“哥，爸爸的病越来越重，如果在他有生之年，我不能床头尽孝，以后会终身遗憾的。”为了满足妹妹尽孝的心意，白国富只能把父亲“让”给了尽孝心切的白金凤。

2

【白方礼明显激动起来，他颤动着嘴唇问女儿：“这么说，你一直支持父亲支教？”白金凤肯定地点点头。】

梧桐肥硕的叶片随风轻摇，哗哗的声响被院子圈住。

比起春日繁花，梧桐秋雨更能展现人生的况味，梧桐肥硕的叶子在秋风中枯黄了、萎缩了，泛着干燥的质感，秋雨霏霏，雨滴打在叶子上，声音开始干脆、透明，渐渐地随秋雨潮湿了、笨拙了。

白方礼抬头望向窗外，他仿佛变成秋雨中的那片梧桐叶，不，他不愿做这枯黄的梧桐叶，要做就做月季花的绿叶，衬托着那些娃儿们绽开的花朵……

白方礼一骨碌地从床上坐了起来，但一阵钻心的疼痛直刺心底，他眉毛紧皱，双手紧紧摁住胸部，无力地躺靠在床上。

白方礼有早起的习惯，但疾病缠身已经开始侵扰着他的生活习惯，这让他十分痛苦。他挣扎过、苦闷过、迷惘过，他一向自认为“零件”优良的身体，咋说不行就不行了呢？！

在白方礼病倒后，白金凤专门辞去工作来照顾父亲。白金凤来接白方礼时，白方礼却说：“我要待在家中，我哪儿也不去。”

白金凤对他说：“二哥和二嫂都要上班，再说您住院时他们尽心尽力地照顾您，我们不能把他们累垮，我做女儿的也要尽尽孝心呢。”

白方礼被“强制”性地带到了白金凤家，白金凤将家中最好的一间房留给了父亲，她总是想方设法做一些好吃的东西给父亲吃。天色晴朗时，白金凤怕父亲寂寞，就把父亲带到阳台上，父女俩谈天说地拉家常。

有一次，白方礼愧疚地对女儿说：“金凤，以前我有些事做得太无情了，我那么严厉地对你，现在想来也一直是愧疚在心啊。”

白金凤却微微一笑道：“爸，当初您逼着我还大枣的钱，还有我和老孙下岗后走投无路时，不光得不到您的资助，即使想给您打工您都不接受，当时我真觉得您不像一个父亲。哪有父亲这样对待女儿的？”

白方礼脸色一红，他轻叹了一口气道：“我的性格一直倔强，遇事转不过弯来，你要恨就记恨我吧。”

“不，爸，我怎么会记恨您呢。”白金凤哽咽着说，“那是女儿的不成熟，后来我看到您为学生们奔波时，我既舍不得可又为您自豪。”

白方礼明显激动起来，他颤动着嘴唇问女儿：“这么说，你一直支持父亲支教？”

白金凤肯定地点点头："是啊，开始我还想不明白，您这么大年纪了，还去蹬三轮车支教，甚至置父女情于不顾，可有一次，您到天津师范大学去做演讲，那次我是被您拉去的，结果到了那儿，那么多的大学生围着您问长问短，看到您那么受大学生欢迎，我心里特别感动，我看到有两个孩子都哭了，我相信他们对您的感激是发自心底的，这也使我想到要得到别人的尊重必须学会尊重别人的道理。从那一天起，我才明白，您对我们子女的爱是那么深沉，您不是不爱我们，而您付出的是大爱啊……"

在父女俩的聊天中，白金凤还忆起了一件让她难以忘怀的往事：那时白方礼还在东站骑三轮车，有一次，白金凤到东站去看望父亲，正好看到两位天津南开大学的贫困生也去看望白方礼，他们刚从山区老家回到天津，大热天还穿着密不透气的绿球鞋，他们带来的核桃、辣面、花生、大枣等土特产只有一小袋，但白方礼却高兴地收了下来。那两个大学生看到白大爷收下了他们的礼物，他们的心似乎才放了下来，离开时，他们一路走一路欢笑，青春的阳光洒满了一地，彼时情景不由得让白金凤为之陶醉，她真切地体验到送人玫瑰，手有余香的那份愉悦。

白金凤回忆起往事，有感而发的肺腑之言，说到了白方礼的心坎上，父女俩已然涕泪纵横。白金凤还告诉白方礼，那次跟着父亲到天津师范大学的场景深深地感动着她，同时也激励着她。回来后，她与丈夫不等不靠不要，分别找到了工作，重新上岗后，他们果断地申请停发了低保。此举一时成为小区热议的文明新事。

再度有了稳定的收入后，白金凤暗地里也在支持着白方礼的支教事业，她经常做些好吃的饭菜送到白方礼的铁皮棚，有时搜集一些衣服，名义上是送给白方礼，她知道白方礼舍不得自己穿，她就是想通过白方礼之手来进行爱心传递。2004 年，东南亚大海啸时，白金凤专程

小女儿白金凤陪同父亲收看央视《感动中国》颁奖盛典。(白金凤 提供)

赶到天津市慈善总会捐款，当工作人员得知她是白方礼的女儿后，都不愿意接受她的捐款，对她说："你的心意我们领了，我们代表灾区的人民感谢你，可白大爷现在重病卧床，急需要钱来治病，你们的收入也不高，能省一点儿是一点儿，这些钱留给白大爷治病用吧。"

白金凤却有着和白方礼一样的倔脾气，她诚恳地请求："这几百块钱很少，但也是我的一片心意，也代表着我父亲的一片心意，钱的事我们可以想办法，这笔钱无论如何请转交给灾区。"

工作人员拗不过白金凤，这才含泪地收下了这笔爱心捐款。

3

【我说的话你们咋不听，我说生日从简，可你们却惊动了这么多

人，领导的事情多忙，这不是耽搁领导的时间嘛。】

最让白金凤难以忘怀的是白方礼老人过九十岁大寿那一天。

2002年5月13日，白方礼迎来了他的九十岁寿辰(按民间的算法，老人整岁生日按虚岁计算)。在过生日的前几天，白方礼对忙着张罗给他过生日的儿女们说："我节俭了大半辈子，也过了无数个生日，但没有哪个生日是热热闹闹地做过，我这次生日也不想例外，就一切从简吧。"

老人的要求让大家为难起来，眼看着老人的身子骨一天不如一天，也许这一次九十大寿度过了，以后就再没机会做整岁大寿了。但老人又比较固执，虽然躺在病床上，倔强的脾气却一点儿也没有改。就在大家束手无策时，另一场别开生面的生日庆典却拉开了序幕。

白方礼老人生前过最后一个春节的照片(李锦河 摄影)

给老人庆祝生日的是他所资助过的学生，5月13日一大早，七十八中、红光中学、天津师范大学、南开大学以及华安路小学的几十名学生早早地就来到了白金凤的家中，他们给老人带来了精致的生日蛋糕，还有不少学生连夜赶制了90只千纸鹤，悬挂在老人的床头，那千纸鹤上面还串上了风铃，轻轻一摇就能发出

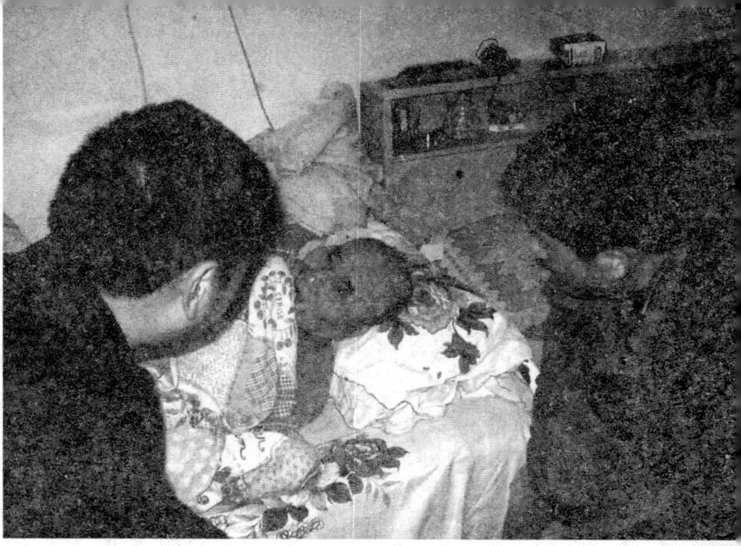

白方礼九十大寿前夕，天津市民看望病重的白方礼。(李锦河 摄影)

“叮叮当当”清脆悦耳的声音。

华夏未来艺术学校的学生精心编排了几个歌曲和舞蹈，他们把小房间作为舞台，一个接一个上场给老人表演，白方礼老人看着娃儿们的精彩演出，露出了慈祥的笑容。

红光中学藏族班的同学也不甘示弱，他们联合表演了一段藏族舞蹈，粗犷的舞姿、曼妙的声乐，似乎把人的思绪拉向梦幻般的天堂。

更让老人没想到的是，他的生日又“惊动了”上面，天津市老龄委、关工委、天津市民政局、河北区委及区政府的领导一拨又一拨地来看望白方礼老人，给他送上了衷心的祝福。

这么多领导来看望他，白方礼反而有些不自在，他微嗔地对白国富等人说：“我说的话你们咋不听，我说生日从简，可你们却惊动了这么多人，领导的事情多忙，这不是耽搁领导的时间嘛。”

儿女们一脸委屈，因为他们确实按照白方礼的嘱咐，并没有向外界透露半点儿风声，这些领导和学生来祝寿，都是他们意想不到的。河北区民政局的一位局领导为白方礼的儿女们解了“围”，他笑着对白方礼说：“白大爷，您老是咱天津人的骄傲，您的生日大伙儿都记着呢，我们早前的几天就开会研究过，让我代表河北区民政局来向您老祝寿，祝您活到一百岁，到时我还来。”

天津市各大媒体也惦念着白方礼的生日，在庆寿当天,《天津日报》《今晚报》《每日新报》《城市快报》以及天津电视台、广播电台等媒体都派出了记者。由于白金凤的家面积本来就不大,这么多人来来往往,房子的里里外外挤满了人,还有些人索性站在楼梯过道上给老人祝寿。

这一天,白方礼穿上了喜庆的对襟红马褂,这还是老人头一次穿上新衣,两个女儿给父亲穿上了新衣后,她们拿着镜子给白方礼左照右照,一边照一边说:“咱爸穿上新衣精神就是不一样,还是一个帅老头呢。”一席话,把众人逗得哈哈大笑,白方礼的精神也出奇的好,他笑着说:“你爸以前的打扮就像个叫花子,今儿个可像个新郎官了。”

给白方礼祝寿的人进进出出,来了不少人,但白方礼仍不断地朝人群里张望,看那神态,他好像在等一个重要的人物,这个让父亲牵肠挂肚的人会是谁呢?白国富一下子猜出了是杨俊玉,果然,他附着父亲的耳朵说:“爸,杨叔叔马上就过来,我刚才已经给他打过电话了。”白方礼果然露出了满意的笑容。

杨俊玉赶来后,他一把抓住白方礼的两只手说:“老白,你看上去气色不错啊,活到一百岁肯定没问题。”

杨俊玉来了,白方礼的精神更是一振,他答道:“老领导,你来了我很高兴,可惜我现在没力气给娃儿们去挣钱了,就是活到一百岁也没嘛劲。”

杨俊玉心疼地望着白方礼道:“老白,你已经尽力了,你的精神已经感染了无数的人,你放心,支教事业还会有人去做,你现在最大的事情就是把自己的身体养好,等养好了,再去支教。”

“好,好!再去支教!”白方礼的眼睛一下子亮了。他伸出瘦骨嶙峋的手,杨俊玉也赶紧伸出手去,两位老人的手紧紧地握在了一起,久久地未曾松开。

4

【比起旧社会,我们现在的生活是在天堂。中国要强大,就要重视教育,教育能兴国啊!我就是要用微薄之力,为教育事业做点儿贡献。】

2004年4月,正是春暖花开的时节。

远处传来悠悠的笛声,天空划过一道轻雷,恰好打破这份宁静,淅淅沥沥的小雨落下,穿过云端,穿过山涧,打落在树叶上再次划分成更多的水珠飘散在空气中,滋润了、清澈了……雨水还洗刷了清晨那层薄薄的迷雾,原本略带神秘的小径深处豁然开朗,看见的还是那份不变的悠然。

躺在病床上的白方礼时常看着这窗外的小雨出神, 他的身体经过一段时间的调适,状态明显好转。这一天早晨,他像往常一样起了床,步履蹒跚地走到阳台上, 阳台上挂着一只鸟笼, 里面住着一位尊贵的客人——黄莺。黄莺通体金黄色,两只黑眼睛像涂上的黑漆,乌黑闪亮。

它是白方礼的"好朋友",白方礼常会和它说说话,黄莺每次听到白方礼跟它侃大山,它也特别兴奋,"叽叽喳喳"叫个不停,好似回应着老人。

白方礼的卧室离阳台只有几米远,如果是正常的健康人,走几步也就过去了,但这一天白方礼却走得很累,快到阳台前时,他突然体力不支,瘫坐在阳台上,机警的黄莺吓得尖叫起来,鸟叫声引起了正在厨房里给老人准备早餐的白金凤的注意。为了照顾父亲,她几乎不敢离开家一步,即使买菜也让爱人去买,她就是时时担心老人有什么不测,她知道父亲已是风烛残年、重疾缠身,随时都有倒下来的危险,因此她的听觉也训练有素,一有风吹草动,她就能在第一时间内出现在老人的面前。

这一次也不例外,当她冲到阳台上时,看到了瘫坐在地上的父亲,她急忙伸手把父亲抱了起来,想把他挪到床上去,但看到父亲双目紧闭,脸色蜡黄,豆大的汗珠沁在他光光的额头上。

父亲已经虚脱了。救援,刻不容缓!

白金凤立刻打电话将情况告诉了二哥白国富,随即白国富夫妇赶来了,他们几人一合计,决定把父亲送到医院进行治疗。就这样,老人尽管最怕去医院,但为了身体的缘故,他不得不第二次踏进了医院。

医生在给老人做了检查后,神色凝重地告诉白国富、白金凤等人:“他的肺部有了阴影,估计是肿瘤,可是他这样虚弱的身子,暂时不适宜做手术!”

瞬间,所有的亲人都惊呆了,闻讯从沧州匆匆赶来的白涣义得知诊断结果后,她与白金凤抱头痛哭,白国富强忍住泪水问医生:“医生,只要有一线希望,我们就会付出百倍的努力,请您无论如何救救他呀……”

其言悲切,令在场的医生护士都万分动容。

经过医疗组紧急磋商,还是觉得动手术的风险非常大。当他们把不能动手术的最终决定告诉白国富后,白国富难以承受,医生劝慰他说:“如果不动手术,采取保守治疗的方法,老人还可以多存活一段时间,但如果动手术,也许他就会……在手术台上就守不住了。”

最终,白方礼的亲人们无奈地放弃了手术治疗,他们事先都商量好,要把病情瞒着老人,因此,他们在白方礼面前个个都表现得神色轻松,这个说:“爸,医生说您是营养不良引起的病,以后您得多吃些营养品了。”那个说:“爸,都说好人能长寿,您一定能活到一百岁的……”

这些善意的“谎言”也曾让白方礼怀疑过，既然他们都说他只是小毛病，为啥他自己感觉身体状况越来越差，为何住了这么长时间的院，每天还得输液，他每天都重复着一句话：“让我出院吧，不要在这儿乱花钱了。”

老人住院期间，他资助的学生们来看他了，热心于公益事业的市民们来看望他了。64 岁的娄秀英阿姨带着只有 5 岁的小外孙女孟雨琦亲手画了一幅水彩画送给白爷爷。娄阿姨说：“孟雨琦画这幅画时，红红绿绿的颜料摆了一桌子，画了一上午才画完，中午连饭都不吃，就让我带她去医院，把画送给白爷爷。”

有一位刚上初三的女孩得知白爷爷住院后，她来看望白爷爷，而白方礼因病情加重而处于昏迷状态，已经认不出人了，小女孩特别伤心，她拉着白方礼的手哭着说：“白爷爷，您一定会听到我的声音，您一定能挺过这一关的，等您病好了，我们还要请您到我们学校来看看呢……”

临走时，女孩将平时省下来的 300 元零花钱取了出来，又向陪她一起来的母亲借了 200 元，凑成了 500 元钱，要留给白爷爷治病。

白金凤特别为难，白方礼在头脑清醒时曾立下规矩：不能随便接受别人的捐款！白金凤婉拒道：“孩子，你的心意我们心领了，你没工作，这钱我们不能收，我代白爷爷谢谢你了。”

然而那女孩也很倔强：“阿姨，这钱你要是不收下，我就不离开医院。”无奈之下，白金凤只得收下了这笔爱心捐款。

还有一对夫妇带着 7 岁的女儿从塘沽赶到医院，看望白方礼，留下了 500 元钱。这笔钱白方礼的家人再三推辞也推不掉，那个女孩的爸爸说：“这次来看望白爷爷是我女儿提出来的，作为父母，我们当然支持，从小培养孩子的爱心比什么都重要！”

天津市七十八中的学生来到白方礼家给老人包饺子。(李锦河 摄影)

华夏未来少儿艺术中心特别举办了专场汇报演出,十多位曾获资助的小演员竞相登台,表演了多个精彩节目。他们决定连夜刻制光盘,并把在白爷爷生日时他们为其举办的庆祝演出节目以及和白爷爷合影的照片也收录进去,他们把连夜制作的“爱心祝福白爷爷”演出光盘送到白方礼的病床前,还带来一台便携式 DVD,希望白爷爷病情好转后,能够亲眼看看他们这些受到过资助的孩子现在的情况。

老人清醒时,还对来看他的人们说下了这样的话:“我现在一个月只有 600 块钱的退休工资,能力有限,明年如果我的收入能再多一点儿,我一定会资助更多因为贫困上不起学的孩子。”

在老人面前,所有的人都面露笑容,可一转身,他们的泪水就夺眶而出,泪珠摔在地上,无声地绽成了一朵朵泪花……

5

【看着围绕在自己身边的学生们，看着陪伴自己支教多年的老三轮车，看着车前挂着的“军烈属半价、孤老户义务”的小旗子，白方礼的眼角淌下了热泪。】

白方礼的入院在社会上引起了巨大反响，来医院看望老人的市民络绎不绝。由于白方礼能捐的钱全部捐出去了，加之他的家人都不富裕，老人的医疗费极为紧张，消息传出，天津大地掀起了感恩回报白方礼的热潮。天津市红十字会专门为白方礼设立了一个爱心捐赠账号，才几天时间，就收到了十几万元的善款，让人看到了来自社会的感恩与良知。

天津市河北区档案馆于1998年创建了“当代武训、支教模范——白方礼名人档案”全宗。为了进一步向社会宣传他的支教事迹，讴歌他高尚的奉献精神，2005年5月，天津市河北区档案馆与天津市《城市快报》、天津市科技馆联合在天津科技馆隆重举办了《驮在车轱辘上的丰碑——白方礼支教事迹展》，并开辟了一个永久性的档案馆，展览大厅面积达到2000平方

天津市民带着刊有白方礼报道的报纸，前往医院看望白方礼。(李锦河 摄影)

米。这次展览，社会反响十分强烈，参观者均深为白方礼的风雨人生和艰辛支教历程所感动，深受白方礼扶危济困、无私奉献的精神教育。在这次展览中，河北区档案馆充分利用馆藏资料，共提供了白方礼老人的荣誉证书24件、捐款助教证书10件、往来书信3卷等大量档案资料、照片和珍贵实物，大大提高了展览会的公信度和感召力。

展览中选择了六十多幅照片，放大制成大型展板。这些照片来源于津报摄影记者，来自白方礼家人，来源于曾经受过老人捐助的学生……同时展出的还有近百件实物，特别是老人曾经蹬过的三轮车，勾勒出白方礼从二十多岁至今的风雨人生，更聚焦着老人蹬三轮车支教的不同瞬间。第一天展出就有四千多人次前来参观，不少人为白方礼老人的动人事迹而落泪。

展览开幕以来，各方关注，近万人参观。正如有参观者言："白方礼是一个小人物，平凡而又普通，但这并不妨碍其精神光芒万丈，照亮一代人的心灵。"更有热心人士发出邀请，将展览在商场、学校进行巡展。

2005年5月，白方礼老人被确诊为肺癌晚期，经过近两个月的住院治疗，病情稍有好转。7月6日上午，医护人员安排了120急救车，准备把老人暂且送回家中静养。上了担架后，老人却一把拉着医护人员的手恳求道："我想去看看我的展览。"

儿女们都担心老人的身体受不了，但看着老人渴求的眼神，他们心里明白：父亲不仅仅是要去参观展览，他更是在与曾经的岁月告别啊！他们不好拂了老人的心意，于是，在医护人员的全程照顾下，白方礼带着还未康复的病体来到河北区档案馆参观了"白方礼支教事迹展"。

那天，白方礼仰卧在担架车上，被小心地推进了展厅。正在观展的市民没有想到，展览的主角儿居然来到了现场，大家呼唤着"白爷爷"，一起围了上来，跟随着担架缓缓移步。

去学校捐赠助学款的现场照片、与学生们的合影、他蹬车的“工作照”和奖状、奖杯以及媒体报道……在每一张照片、每一件实物前，白方礼都看得很仔细。天空没有痕迹，但鸟儿已经飞过，他从来没想到这么多的奖状、证书、新闻报道和相关照片都是他的，他本来所设计的人生就是一张简洁的白纸，不留墨痕地来不留墨痕地去，但社会却挥舞起如椽大笔，给他书写了浓墨重彩的一笔，给他留下了珍贵的“墨痕”。

最后，白方礼被抬到了他的“老伙计”三轮车的展位，那辆陪着他风里雨里穿行的三轮车此刻正安静地立在展厅的中央。白方礼费力地从担架上探起身子，伸出手在三轮车上摸了又摸，看着围绕在自己身边的学生们，看着陪伴自己支教多年的老三轮车，看着车前挂着的“军烈属半价、孤老户义务”的小旗子，白方礼的眼角淌下了热泪……

这年8月下旬，白方礼的病情出现了反复。他再次住进了天津市第三人民医院。每日的输液时间持续在十个小时左右。于大夫每天都来给白方礼老人输液，她对白国富说：“老人现在只能进行这种保守治疗，任何大的搬动或是上治疗器械都怕老人的身体受不了。”因为已经输液8天，所以，老人的手、胳膊、腋下、脚等处下针都已非常困难，医生找了很久才决定在老人的右脚上下针。

在大夫输液时，老人一直都在昏睡，只有女儿抚摸他的头时，老人才微微动一动，他好像感觉到了孩子的担心，用这么微小的反应来宽慰一下孩子的心。

天津大学、天津师范大学、南开大学、红光中学、华夏未来艺术学校、七十八中、耀华中学的学生川流不息地来看望并陪伴白方礼。但医生却极为担忧，每天的接待耗费了老人的不少精力和体力，对老人的康复产生一定的负面影响。为了给老人营造一个良好的康复环境，天津《今晚报》《城市快报》上刊出了“白大爷病危住院，亲友托言暂不让打扰”的消息。

而那些学生依然每天都来，他们都悄悄地站在病房门外，透过门上的玻璃朝里面张望几眼，当看到白方礼老人康复情况良好时，他们就会心一笑，当看到白方礼的病情有所恶化时，他们又都耷拉着脑袋，在心里默默地为白爷爷祈祷。天津师范大学的一位同学在自己的博客里写道：“白大爷所奉献的是最朴素的情操、最质朴的真诚，是一个完全没有任何私利的写照。我感动，我敬佩，向老人致敬。祝老人早日康复。”

第九章

我们的父亲，最感动中国的老人

1

【我做这些是为了孩子们，不是为了评奖。我能成为候选人，就说明全国人民都记着我呢，我挺高兴的。】

感动是无声的花开，在岁月的旷野上绽放；感动是斑斓的星辰，在天空中熠熠生辉；感动是春风涤荡，气息芬芳，洋溢着淡淡的清香；感动在海面上沸腾，镶着耀眼的金色；感动在琴弦上跃过，挥舞着隐形的音符翅膀。

当感动这个词和一位叫白方礼的老人联结在一起时，他所绽放出的是世间最纯净心灵土壤上育成的娇艳的花朵，是浩如烟海的长空中一抹璀璨的星辉。

宛如清晨漫步在山间小路一般，路边是郁郁葱葱的树林，阳光被树梢分割成无数光线射入这片寂静的森林。那种感觉就好像露珠落入池塘所泛起的涟漪，柔美、连贯而又自然不过，一种最能贴近身心的音乐，让精灵随着灵动的音乐声曼妙起舞，伴着微风吹过带来阵阵的清风，深呼吸，感受难得的清爽和幽静。

2002年12月29日，中国扶贫基金会与中央电视台联合举办了一台扶持贫困大学生的节目，要把白方礼老人接到中央电视台的演播室做节目，代表中国扶贫基金会负责筹拍该节目的李利亲自赶到天津来迎接白方礼。

那天，他们从天津火车站搭乘了赴京列车，当列车员和列车长得知白方礼乘上了此次列车后，整个车厢里都振奋了，列车长给白方礼安排了最好的软卧，白方礼百般推辞道："我坐不惯这高档车厢，就让我坐在硬座上，坐在硬座上我还能睡着哩。"

列车员们忙前忙后地给白方礼端茶送水，白方礼过意不去，非要陪同前往北京的儿子白国富予以阻拦。白国富对列车员说："这车上有这么多的乘客，我父亲他最讨厌享受特权，你们这样做会让他坐立不安的。"

所见所闻，让李利感慨万千。这是多么好的一个老人啊，他给予别人的是整个春天，而他却独忍着严冬的煎熬；他奉献的是整个海洋，而自己索取的不过是一捧海水。李利先生更下定决心要把白方礼这位平民英雄推向全国，让世人都来感受白方礼老人的大爱无痕，让世界高奏爱的奉献曲！

那天晚上录制的节目播出后，将近四千万人看了这个节目，产生了极大的社会反响。节目播出的当天晚上，李利就收到很多的电话，有的在电话中泣不成声，有的在电话中拜托李利向白方礼老人致敬。

2004年，中国扶贫基金会开展了"奋斗杯"中国消除贫困奖的评选，在李利先生的极力推荐下，白方礼荣膺中国消除贫困奖的提名奖。李利先生对此还感到遗憾，他说："能获得这个奖项的提名，都是非常优秀的人物,白大爷一定还会有机会获得这项大奖。”

果然,2006年,两年一度的中国消除贫困奖再度在全国评选,这一次白方礼榜上有名,但白方礼获得这一奖项时,他已经去世一年多了,这又是一个留在李利心中的遗憾和心结。

其实,李利的不安是多余的,因为白方礼老人生前淡泊名利,他来自平凡,更甘于平凡。

2005年1月,中央电视台根据全国观众的推选,推举白方礼参选2004感动中国十大人物,并制作了题为《白方礼:驮在车轱辘上的丰碑》的专题片,节目播放后,在全国引起了强烈的社会反响。白方礼顺利跻身20名候选人名单,然而由于种种原因,白方礼未能最终捧奖。

对于他未能获评2004感动中国十大人物,全国很多观众为此而

歌手张逸扬深情献唱《你的背影——致白方礼》。

鸣不平,网上甚至出现了各类言辞激烈的帖子,处于风口浪尖的白方礼却极为坦然,老人平静地说:“我做这些是为了孩子们,不是为了评奖。我能成为候选人,就说明全国人民都记着我呢,我挺高兴的。”

白方礼老人骑三轮车支教的故事却通过央视传媒开始在大江南北流传开来,有位网友在投票时留言:“白大爷二十年如一日地助学捐款,您看看他吃的什么饭?他骑的什么车?他住的什么棚?我看了哭了!”

一位网友说:“我是一只天津的小猫,我曾经无数次为白方礼老人的事迹而落泪,我觉得他老人家最应该成为感动中国的人物,那些被评选上的人们所做的事情有他们的特定环境、特定因素、特定时间,但是白方礼老人的事迹,是用一生的时间换来的……”

还有一位网友留言:“一辆破旧的三轮车,一位瘦弱的耄耋老人,一颗火热的心。我们怎能不被他感动!”

2

【“我没做嘛大事,都是普普通通的小事,值不得宣传。”】

熟悉白方礼的人都知道他有三怕:一怕被领导接见,二怕登台去演讲,三怕过分出大名。

1996年9月,白方礼参加全国光彩之星先进事迹演讲团,这是由中国个体劳动者协会组织的活动,演讲人员均是从个体劳动者和私营企业业主中选出来的先进代表,天津仅他一人参加。

别的代表为登台演讲都做了充分的准备,有的请人写好了讲稿,有的专门集中时间排练,而白方礼接到邀请后,他却把邀请函往家里一放，照例到大街上去拉客了。杨俊玉怕白方礼到时“掉链子”，经常督促提醒他，白方礼却说：“老领导，最好换别人去吧，咱的时间紧，还要抓紧给娃儿们挣钱去呢！”

白方礼给学生做主题演讲。

杨俊玉又气又急，他耐心地劝导白方礼：“老白，你不是要发动全国人民都来支持教育事业吗？这就是一个好机会，你要通过你的亲身经历，来向更多的人宣传支教事业，引导大家都来关心教育，其意义远比你蹬着三轮车挣俩钱给娃儿们强。”

白方礼认真地想了想，他觉得杨俊玉说得有理，于是不好再推辞。这时，杨俊玉也找人给白方礼写了一个演讲稿，他亲自一字一句地读给白方礼听，要白方礼记牢，但白方礼却一边听一边不停地四处张望，看到有客人从身边经过时，他就不听了，甩下了杨俊玉，径直拉客去了。

眼看演讲在即，如果搞砸了岂不是笑话！杨俊玉急得不知如何是好，白方礼却笑着安慰他：“老领导，您甭担心，我会讲好的。”

光彩之星先进事迹演讲会第一场就设在天津，那天，杨俊玉心怀忐忑地前去听讲，轮到白方礼上台时，他先是怔在台上好几分钟没有讲话，坐在下边的听众都急了。白方礼的脸也红了，他索性不按照演讲稿来讲，而是按照自己的思路来说，他说：“今天，站在这个台子上我很

病重的白方礼在一场颁奖典礼上致辞。(白国富 提供)

不安，浪费大伙儿这么长时间来听我的演讲，我感觉对不起大伙儿,另外,我的时间也浪费不起，我也要去蹬三轮车了,我没嘛讲的,我的钱都捐给了教育事业，我现在也80岁了,看样子再也干不了几年了，但只要我有一口气在，我一定多给娃儿们挣钱,让娃儿们安心学习……”

从头到尾，白方礼讲得时断时续,杨俊玉直跺脚,看来这场演讲是搞砸了，但让他意外的是,白方礼演讲时全场鸦雀无声,等他讲完时,全场停顿了几秒,而后爆发出雷鸣般的掌声,且经久不息,还有人不停地用纸巾擦拭眼泪。

白方礼用最质朴的语言和最纯朴的情感，将演讲会推向了高潮。在散场时,人们纷纷寻找着白方礼,想与他合影留念,但找来找去却找不到他的人,只有杨俊玉知道,白方礼一下台就蹬着他的三轮车拉客去了。

此后,白方礼坚决地推辞了不少演讲。

再说怕出名。1996年,天津电视台以白方礼为素材,拍摄了一部电视剧《心愿》,在荧屏上播出时,天津的出租车司机都要早早地下班回家观看。天津剧院的同志还把白方礼的故事写成天津时调《支教老人白方礼》在舞台上演出,一时间,白方礼名噪津门。声名大了,白方礼却极其低调,能不让人认出来的尽量不让人认出来,如果别人认出了他，当面称赞他几句，他就会羞红了脸说："我没做嘛大事，都是普普通通的小事，值不得宣传。"

他就是这样一个低调而固执的老人，他就是这样一个没有人生休止符的老人！

3

【从今以后，他将和祖国的星星一起，熠熠闪耀于我们上空的云层之上。】

2005年9月23日，一个平凡的日子，这一天，白方礼老人走完了他平凡的一生。

老人在2005年8月底病情突然恶化，水米不进，只能靠输液来维持生命。家里人找来了社区医生进行治疗，每天要输液七到八个小时。老人的身体状况每况愈下。每天夜里老人都会出现痰阻、呕吐、情绪不安的情况。情况最严重时，老人呼吸急促，双腿肿胀，不能输液。在生命的最后时刻，静脉已经扎不进去，胳膊也不能下针，脚和腿都肿得厉害，所输的液已经不能被老人的身体吸收了，都进入了皮下组织。

白方礼弥留之际，许秀芹守在他的身边，一场生离死别的场景永远地定格在她的头脑中。那一刻，一直昏迷的白方礼突然醒了过来，亲人们都惊喜不已，白方礼翕动嘴唇，口齿不清地说："让……孩子们好好学习，将来成为……国家的有……用之才。"

说罢，他又昏迷了过去，亲人们心一沉，难道老人的"回光返照"就这么短？他们多么需要他多留下一些话语啊！

经过抢救，老人再次醒来时，已是半个小时后了，这时他已经说不

白方礼老人病重期间，大女婿及大女儿前来看望白方礼。（白国富 提供）

出话来了，只是艰难地张了张嘴，细心的许秀芹很快察觉出老人有话要说，她走过去，白方礼吃力地伸出手拽着许秀芹的手，但他想说话却说不出来。

许秀芹含着泪说："爸爸，您勤俭了一生不容易，资助了这么多学生上学，孩子还回来看您，您高兴吗？"

白方礼喉咙咕噜了一声，他用力地拽着儿媳妇的手，艰难地点了点头。许秀芹猜测出，老人含混不清的声音是在说："嗯，高兴。"

许秀芹控制着眼中欲流出的泪水，稳定了情绪后接着说："您没有白辛苦，好多学生都上大学了，您还获得了好多荣誉，还当了劳模，大家都跟您学支教，您还满意吗？"

老人嘴角翕动，露出了满意的微笑，他张嘴说了一句话。许秀芹听懂了，老人在说："我满意！"

许秀芹再问："爸爸，您还有嘛话要说吗？"

许秀芹明显感到白方礼的手颤抖得更加厉害，似乎用尽最后一点儿力气说："支——教！"说完这句话，老人喘了好一会儿，然后合上了眼睑，再也没有醒来……

老人最后是因心力衰竭和多个器官功能衰竭而去世的。

在得到白方礼老人去世噩耗后，社会各界人士也纷纷来到老人住所，以各种不同方式进行吊唁。一些闻讯赶来的学生为老人送来了自己叠的纸鹤，每一只纸鹤都写下“普通的车轮却驮出了希望”“爱是无声胜有声”“钦佩您无愧天地的心灵”等肺腑之言。

前来悼念白方礼老人的高中生赵维殳悲泣道：“虽然白爷爷走了，但他的精神没有走，而且会继续发扬光大。白爷爷的精神是从数、理、化知识上学不到的，是我们要成长为国家有用之才所必须具备的社会责任感。我十分敬佩白爷爷，当上午在学校里听到白爷爷去世的消息时，我很震惊，但更为悲伤。我一定会把白爷爷的精神发扬下去，让这个世界充满爱。”受到白方礼老人资助的天津大学博士后李晓霞虽然身在外地，却是众多受资助的学生中第一个专程赶来为老人悼

与白方礼雕像相伴的《无私奉献纪念碑》(徐向林 摄影)

念的。

此外，还有网友在网上留言说："我觉得白爷爷比任何烈士都值得尊敬。烈士的英勇行为是一时的轰轰烈烈，而白方礼老人多年如一日地默默奉献、不求回报，这种坚持很让我感动。在他平凡的行为中体现了他回报社会、奉献一生的精神境界。"一些网友在留言中还写道："这是最朴素的情操、最质朴的真诚，是一个完全没有任何私利的写照。我感动，我敬佩，向老人致敬。"

手机短信也在传递着对白方礼老人的思念之情——

"用爱心谱写人生，用平凡记下精神。白爷爷一路走好。"

"风随秋叶落，情寄泪眼滴。古者赞孟母，世间根与枝。今人颂白老，岂不更憾己。希望我们当今中国有无数个这样有爱心的人。"

"好人中的好人！人者为过客，死者为归人。白方礼爷爷精神长存！"

"有人说地上的一位好人逝去了，天上就会出现一颗明亮的星星。我会每天都寻找属于白爷爷的那颗星星，希望它是最闪亮的一颗。好人一生平安，愿白爷爷走好。"

"世界上，已经再也找不到最精妙绝伦的语言来形容赞美白爷爷

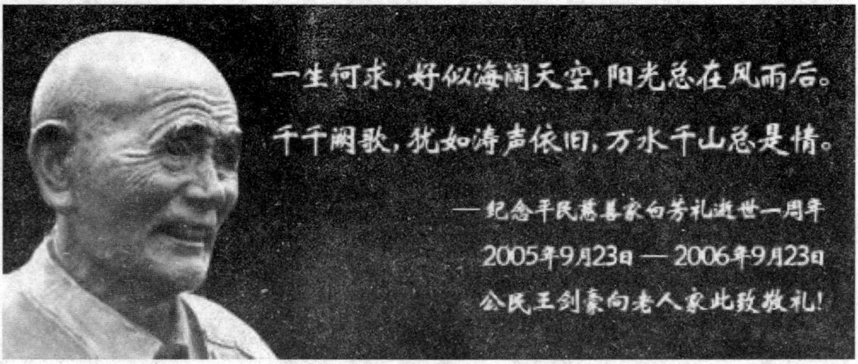

白方礼老人去世一周年之际，网友在网络上发布纪念图文。

这种无私奉献的精神了！我衷心地祝福：白爷爷在天堂里安心休养！精神永传万代！”

“平凡的人，做不平凡事，清贫老人，一路走好……”

“陶行知笔下的千古一人武训值得崇敬，而市场经济下的白方礼精神更伟大。”

法国大文豪雨果在出席另一个大文豪巴尔扎克的葬礼时发表演讲：“今天，他安息了。在他进入坟墓的这一天，他同时也步入了荣誉的宫殿。从今以后，他将和祖国的星星一起，熠熠闪耀于我们上空的云层之上。”这句话，同样适用于白方礼。

4

【父亲是好人，虽然没有给我们留下什么财产，可是给我们留下了做人的准则，留下了这么多的想念。】

没有人可以还原历史，没有人可以回到过去。唯有思念是穿行在过去和现代之间的使者。

天津达文里社区、大同道社区联合召开“纪念白方礼爷爷”主题班会。

白方礼去世后，他的侄儿白国然深情地写下了《怀念伯父》的回忆文章，白方礼的大女婿秦志成也写下了上万字的《感动》来祭奠他心中最尊敬的老人。

白国然与秦志成饱含热泪，用满腔感恩与崇敬之心写下的怀念文章，字里行间播撒的真情，读来让人感慨万千，宛如白方礼老人的音容笑貌俨然眼前。笔者在采访他们时，得到这两份从未发表过的文章的复印件，本书辑录其中部分，以飨读者。

《怀念伯父》(节选)

白国然

伯父走了，他没有留下什么物质财富，但他留给我们的精神财富使我们终生享用受益。我是伯父的亲侄子，在伯父的心中我是他家的成员——是他的儿子。连弟弟妹妹都知道，在这个家中伯父最疼的是我，伯父最信的还是我。即使在伯父弥留之际，别人都不认识了，只要听到我的声音就能说出我的名字，这足可以说明我在伯父心中的位置了。

让我想不到的是老人心中有自己更大的目标，一发便不可收拾。后来甚至定出了个人的捐献计划，每年捐多少钱，如何挣到这些钱，都有周密计划，自那以后，老人就全身心地投入支教事业中去了。为了支教，他省吃俭用，每天拼命蹬车挣钱，可从不随便花一分钱。那年，我小妹妹(白方礼小女儿白金凤，笔者注)下岗了，我劝伯父捐献又没有定额，拿出点儿钱来，资助一下妹妹。伯父说："那可不行，我有我的计划，你妹妹已经是成人了，她应该自己想办法。要没我呢？"老人家已把支教看成是最大的事业，一切都不可能影响到支教。他那种执着，我们当时也理解不了。

为了支教，子女们孝敬他的衣食、钱物他都舍不得吃用，他甘心过那种乞丐样的生活,我们不知劝了他多少次,让他回家安度晚年,他坚决不肯,社会上还以为伯父是无儿无女的孤老头。伯父一个心眼儿支教,他忘记了自己的年龄,直到他病在床上,学生们去看望他,他还对同学们说:“等我好了,我还去蹬车挣钱,支持你们上学。”

多好的老人啊!我们为有这样的老人感到骄傲和光荣,我们为老人晚年过的那种常人难以忍受的艰苦生活感到心酸,只要一提到老人晚年的生活我们就忍不住落泪。

伯父,您现在可以好好休息了,您关心支持的教育事业政府更重视了,国家也有了实力解决贫困孩子们的上学问题了,您就安息吧。

《感动》(节选)

秦志成

林子大了,什么鸟都有,我们听到的就不完全是赞美之言。有人说他“犯愣”,也有人称他是“老傻帽儿”,更有人说他是没儿没女,要不就是精神病。

他自己有时也顺着去说:“我是个没家没业的人。”

但是他又会接着说:“我的心里只有一个家,那就是国家。是国家的人就得给国家做贡献。”

光是冷嘲热讽还不算,他还多次受到过攻击和暗算:为了不让他争到活,有人偷偷拔了他三轮车的气门芯,更过分的还给他扎破轮胎,让他干不成活,最不能让人容忍的是,他曾两次被人打伤,我们家人都非常气愤,总想把事情弄个清楚明白,老人却说:“算了吧,咱不结这个怨。”

我们想,他被打伤了,也许坏事能变好事,他受了伤会回家,可能不会再去干了。

但我们想错了，他不等伤痊愈，就又急忙去了他的支教大基地——东站。我们劝他："自己受累吃苦咱不说了，可不能挨打呀，咱为什么还要干？咱也该享一享清福了，也该享受一下天伦之乐了，支教的事让别人去干。"

他却反驳："我不那么认为，我现在这么干，我觉得幸福，我就是快乐。"

你还别说，每当他一到晚上坐下来数数钱，算计着一天的收入成果时，那个乐呀，满脸笑颜。

每次去学校捐款回来，他就像一个战斗指挥员打了一场胜仗一样，格外的兴奋。你这时要是在他旁边，他会和你说个没完，说他的下一步打算。

他对家人表面上看似冷淡，有时做得还很过分，如果不是我亲眼所见，也许说出来谁也不信。有一次，他数钱时，他唯一的小孙子跑去要五毛钱买冰棍，他却硬生生地把孩子赶跑，我把这件事告诉了爱人，爱人叹了一口气说："唉，他就是这样，他经常这么办！"

他虽然最终没有给子女留下一分钱，却留下了一笔享受终生的精神财产。他的爱博大精深，已经冲破了家庭这个观念。如果我们把这份爱变成一条拉链，一节一节地拉下去，我们的世界将变得多么的美好，我们的生活将是多么的光辉灿烂……

在老人平凡的一生中，他最怕的就是引起"上面的"重视，他外出捐款，从来不事张扬，他是悄悄地来悄悄地去，捐完钱连人家给他开个收据他都不要，有一位采访他的记者对他说："白大爷，你那么多钱捐出去了，你怎么着也要让他们给你留一张收据啊，有了这收据，也好统计呀。"

老人却笑着摇头说:“我要收据干嘛,有钱我就捐出去,我不图任何名和荣誉。”

…………

送人玫瑰,手有余香,老人平凡的一生中,尽管他从来不为荣誉而争,但社会总会回报这个无欲无求的人以殊荣,这彰显了社会的公平和正义。白方礼老人一生中受过多少次表彰,因大多资料散佚,无从统计。现仅摘录部分如下(不完全统计)——

1987年天津市先进个体劳动者、天津市河北区勤俭持家标兵户。

1988年天津市“老有所为”精英奖、天津市先进个体劳动者、区级先进生产者。

1989年全国老有所为精英奖、天津市五好家庭标兵户、勤俭持家标兵户。

1991年天津市关心下一代标兵、天津市先进个体劳动者。

1992年全国尊师重教先进个人。

1993年天津市文明工商户、区级学雷锋文明个体劳动者。

1994年天津市、区级先进个体劳动者。

1995年天津市关心下一代先进个人。

1996年天津市优秀个体工商户、天津市“老有所为”先进个人、天津市工商联优秀会员。

1996年天津市劳动模范、天津市精神文明创建活动标兵。

1997年全国职业道德先进个人、天津市劳动模范、天津市文明工商户。

1998年天津市关心下一代工作突出贡献奖、天津市文明工商户、区级关心教育下一代先进个人。

2004年获第一届中国消除贫困奖“奋斗奖”提名、入选“感动中国·2004 年年度人物”评选。

2005 年，白方礼老人荣获《每日新报》新跃榜新动时刻·最不应忘却感动奖。

2005 年天津市慈善老人、入选“感动中国·2005 年年度人物”评选。

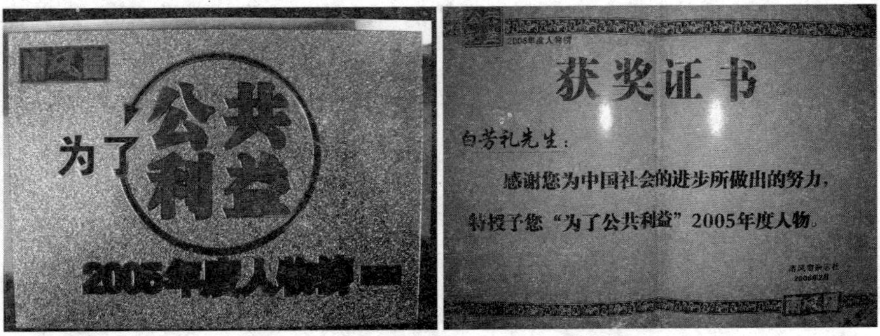

白方礼被评为“为了公共利益”2005 年度人物。(徐向林 摄影)

2005 年 9 月，老人去世后，社会给他的荣誉仍然纷至沓来：他被评为 2005 感动河北年度人物、“沧州骄傲”2005 十大新闻人物及“慈善之星”特别金奖，当选 2005 大学生心中的魅力人物。2006 年获第二届中国消除贫困奖“奉献奖”。2008 年获网络媒体“感动中国人物”。2009 年获感动天津人物“海河骄子”称号，并被评为全国 100 位新中国成立以来感动中国人物。2012 年央视《感动中国》向白方礼特

白方礼老人生前获赠的多所学校校徽（白国富 提供）

别致敬……

在白方礼老人所获的荣誉中,还有一个让人感动的插曲:全国关心下一代工作委员会和中央文明办于2005年联合开展了评选关心下一代先进工作者活动,经过层层评选,白方礼榜上有名,当选为全国关心下一代先进工作者。

主办单位计划于当年10月上旬在北京举行隆重的表彰大会,向获奖人现场颁发证书和奖章,当得知白方礼病逝的消息后,主办单位决定将这珍贵的证书和奖章送到白方礼的家中,同时向这位令人尊敬的支教模范告别。那天,工作人员在白方礼的遗像前鞠躬后,将他没来得及亲手领取的生前最后一份荣誉证书和奖章轻轻地放在老人的灵台上,以告慰老人的在天之灵。

2005年9月23日,白方礼老人去世后,他的儿女们悲痛欲绝。老人走后,不少媒体对老人的支教事迹进行了大篇幅的报道,在报道时,老人的儿女们正沉浸于悲痛之中,他们婉拒了一切媒体的采访,但这一举动却引起了社会上一些人的误解,网络上的一些论坛里说他们不孝的负面传闻让他们伤心,但他们谨记父亲临终前的话,没有去强争,而是用实际行动表白着自己。

病重中的白方礼出席天津《每日新报》新跃榜新动时刻颁奖盛典,获颁"最不应忘却感动奖"。(《每日新报》提供)

2006年是白方礼老人去世一周年，他的儿女们重走父亲捐款的学校、单位，搜集着父亲从没有对他们讲过的感人事迹，感受着父亲的大爱，以一种特殊的方式悼念父亲，回顾父亲的历程，他们更为感动。

笔者在采访中，白方礼的后辈亲人们没有一个不以白方礼为荣的，白国富在缅怀父亲时对笔者说："父亲生前对我们看似'无情'，实质上却是人间大爱啊，他是我们几个儿女心中最好的父亲，我们永远怀念着他，也会将他高贵的品质继承下来，发扬光大……"

他的大女儿白涣义对笔者说："父亲是好人，虽然没有给我们留下什么财产，可是给我们留下了做人的准则，留下了这么多的想念。我们看着这么多人对他表达敬意，我们也自豪，他可以安心，我们理解他了，我们爱他！"

第十章
公益情怀不灭，爱心长征仍在延续

1

【我们倡议山东人民行动起来，学习白方礼老人热心支教和无私奉献的精神，以实际行动继续老人未竟的事业。】

2006年1月10日晚，富丽堂皇、典雅大方的北京人民大会堂金色大厅灯火辉煌，宾朋满座，由中国扶贫基金会、中央电视台等单位联合主办的“扶贫中国行慈善之夜晚会”活动正在此隆重举行。

人民大会堂金色大厅是党和国家领导人接见外国政要和各国大使递交国书的重要场所，号称人民大会堂的“第一厅”。在金色大厅举办慈善晚会，彰显着一个国家崇德向善的公益情怀。当晚的慈善拍品包括著名运动员姚明签名的爱心篮球、著名表演艺术家李雪健的书画作品。此外，还有一个最重要的“压轴作品”：与白方礼朝夕相伴过的那辆三轮车。

在晚会“自强之路”篇章中，白方礼那布满皱纹的慈祥面容出现在大屏幕上，炎炎夏日里老人擦汗蹬车的画面、老人坐在地上数着手中角票的图片、老人和孩子们一起开心大笑的情景……每当屏幕上闪过一张画面，会场内都会响起经久不息的掌声。

白方礼去世后，他的三轮车被天津市第七十八中学永久收藏。为了宣传和弘扬白方礼的公益精神，学校将爱心三轮车的展示权拿出来拍卖。拍卖所得全部用于公益事业。爱心三轮车的起拍价为 5000 元，多家高校和企业参与了竞拍。

拍卖师报出起拍价时，台下不断有人举牌：

“一万。”

“两万。”

“让爱心的车轮永远转动”启动仪式（李锦河 摄影）

“三万五。”

“四万。”

“五万！”

“五万,还有加价吗？五万第一次,五万第二次,五万第三次,落锤！”

随着“砰”的一声,拍卖锤落下。山东大学经过几轮激烈的竞拍,成功拍得白方礼老人三轮车的首次展示权,展期一年。山东省也成为“扶贫中国行——白方礼爱心三轮车全国巡展”的第一站。

一辆普普通通的三轮车,仅展示一年的价格就达到五万,这可能是中国最贵重的三轮车了！其实,三轮车还是那辆三轮车,但它却承载着白方礼悠悠的支教情怀与执着精神,这才是无价的！

时在中国扶贫基金会工作的李利作为这起活动的发起人和策划人，他在策划并发起这个活动时有一个机缘:2005 年 10 月 17 日,中国扶贫基金会联合相关部门搞了一个“扶贫中国行”的大活动,它的起动就是要动员千名爱心志愿者、百家爱心企业走进千家万户,走入农村,帮助了解农村的生存状况。

李利就想“扶贫中国行”应该找到更好的吉祥物,一个符号,一个象征。在寻找吉祥物时,他的第一个念头就想到了白方礼老人的这辆三轮车。

白方礼的家人把老人的三轮车看成了无价之宝,是的,这辆普通而破旧的三轮车,不仅是白家的传家宝,更是全社会的传家宝。在白方礼老人辞世后,白国富坦言,捐不捐出这辆三轮车,他们颇费思量。

白国富说:“看到三轮车，仿佛父亲的生前容貌浮现在我们的眼前,父亲的三轮车伴他走了一生,走过了风风雨雨,要把这寄托对父亲怀念之情的三轮车捐献出来,心情特别不好受。但父亲生前乐善好施,把这辆三轮车捐献出来,会带动社会更多的人参与公益事业,父亲倘若地下有知，我想他不仅不会反对，还会支持。”

最终，白家人协商一致，决定将这辆爱心三轮车捐献出来。早在白方礼病重期间，他的这辆三轮车就存放在天津市第七十八中学，而白方礼在支教征程中，与该中学也结下了多年的公益情缘。因此，在老人辞世后，这辆三轮车的永久收藏权被白国富捐给了该中学。

爱心三轮车的展示权在慈善晚会上拍卖成功后，就要暂离天津，七十八中学的两千多名师生以及部分闻讯的天津市民组织了一场声势浩大的为三轮车送行仪式。临行前，工作人员为车身擦了润滑油，为轮胎打足了气，他们要让三轮车“精神饱满”地前行。

当日下午，在北京举行了爱心三轮车的移交仪式。北京数千名市

白方礼儿子白国富在“让爱心的车轮永远转动”启动仪式上，将父亲的三轮车移交给中国扶贫基金会。（李锦河 摄影）

民见证了这一神圣的时刻，三轮车也从这一天开始，走出了天津，走向了中国，开始了新的征程！

2006年4月21日，白方礼的爱心三轮车运达济南。当日上午，山东省在济南洪楼广场举行了隆重的“扶贫中国行——白方礼爱心三轮车全国巡展·走进山东”活动启动仪式，时任中国扶贫基金会会长段应碧与山东省人大常委会副主任、山东大学党委书记朱正昌为活动揭幕。仪式上，中国扶贫基金会、省扶贫办、山东大学与《齐鲁晚报》等单位联合发出了《让爱心的车轮永远转动》的倡议。时任《生活日报》总编辑的郝克远宣读了倡议书：

“扶贫中国行——白方礼爱心三轮车全国巡展·走进山东”活动倡议书

白方礼，一个蹬了一辈子三轮车的普通人，本来可以在古稀之年回乡颐养。但，当他看到家乡的孩子无钱上学、学校难以维持的时候，74岁的白方礼做出重大决定：不回家乡养老，重操旧业——蹬三轮，要拼命挣钱资助贫困学生上学。从此他开始了一段新的征程，一年365天，无论节假日，无论刮风下雨，早晨6点准时出车，晚上七八点钟才回家，他从没有休息过一天。多少个日日夜夜，当他在城市的街道上奋力蹬踏，在透风的小铁皮棚里忍受煎熬，他的内心却充满着快乐和幸福，因为他坚信“孩子不读书，国家怎么强大，孩子们有了钱就可以安心上课了”。靠着一脚一脚地蹬三轮车和近乎苛刻地苦自己，15年，老人攒下了35万元钱，先后帮助三百多名学生完成了学业。有人曾计算，老人奉献的是相当于绕地球赤道18周的奔波劳累！2005年9月23日早晨，93岁的他静静地走了，告别了他牵挂的莘莘学子，告别了他至死不渝的支教事业，天津各界千余人自发地为老人送行。

“孩子们，等我病好了，我还要蹬三轮挣钱资助你们读书”，这是白方礼老人在弥留之际的心愿。“春蚕到死丝方尽，蜡炬成灰泪始干”，白方礼老人用他无言的爱心坚持着他的理想与心愿。为了在全社会弘扬和宣传白方礼精神，号召更多的爱心人士加入老人未竟的事业当中，让爱心的车轮永远转动，中国扶贫基金会特设立“新长城白方礼助学基金”，并开展“白方礼爱心三轮车全国巡展”活动。

山东是孔孟之乡、礼仪之邦，慈善思想有着深厚的历史渊源。两千多年前孔子就提出了“老有所终，壮有所用，幼有所长，鳏寡孤独废疾者有所养”的大同理想；孟子大力提倡“出入相友，守望相助，疾病相持”的仁爱思想；这些慈善思想几千年来在齐鲁大地延续发展，养成山东人民淳朴善良、忠信豪爽、扶危济困、乐善好施的传统美德。

“扶贫中国行——白方礼爱心三轮车全国巡展”活动选择山东作为首站，我们不仅应为此感到自豪和荣幸，更应该以实际行动参与巡展活动，展现山东人见贤思齐、不甘人后的精神风貌。

我们倡议山东人民行动起来，学习白方礼老人热心支教和无私奉献的精神，捐助“新长城白方礼助学基金”，让更多的寒门子弟能够完成学业，以实际行动继续老人未竟的事业。

倡议书宣读完毕后，出席启运仪式的领导、嘉宾及市民纷纷在倡议书上签名，并为“白方礼助学基金”捐款。捐款人中有山东大学的学子，有来济南打工的外地民工，78 岁的济南老人张大爷成为年龄最大的捐款者。

4 月 22 日下午，山东大学在南校区举行了“让爱心的车轮永远转动——白方礼事迹报告会”。该校学工部副部长陈鑫、白方礼老人的儿子白国富、天津红光中学教师代表和天津《城市快报》记者代表出席了报告会。会上播放了白方礼老人事迹介绍的短片；白国富详细介绍了老人的事迹；教师和记者代表以自己的亲身体会介绍了老人并谈了自己的感受。

通过爱心三轮车的实物展示和白方礼老人翔实、生动的照片，从老人的生活点滴、捐赠荣誉、蹬车路上、送别场面等全方位再现老人的支教历程。齐鲁大地真正认识了白方礼，感知着这种平凡而伟大的公益精神！

2012 年 2 月，一直在外地巡展的爱心三轮车回到了北京，被白方礼小学的学生们推上中央电视台的录制大厅，参加了感动中国 2011 年度人物的评选颁奖盛典。

也就在这次盛典上，央视主持人用“致敬白方礼们”的特别方式，让白方礼再度感动中国！

2

【白爷爷的事迹在我们大学生中非常有感召力，他在我们心中是一个伟大的形象。回到支教岗位后，我们一定用自己的知识好好教那里的孩子。】

白方礼老人一生清贫，却把靠蹬三轮车攒下的几十万元积蓄全部用于助学。他生病时已经家徒四壁，连治病的钱也没有。白大爷病重住院期间，市民纷纷前来看望，社会各界自发为其募集治病款。天津市红十字会还专门为白大爷治疗设立了捐款热线及爱心账号。据统计，当时存入天津市红十字会的各界捐款达 114948.55 元。一年多来，老人住院、看病、护理及营养补助等费用共 78125.54 元，尚余 36823.01 元。

白方礼老人去世前，曾立下遗愿，希望设立一个慈善基金会，继续支持教育事业。为了却老人最后的遗愿，天津市委教卫工委、天津市教委、天津市红十字会、今晚传媒集团《今晚报》决定联合发起设立“白方礼博爱奖学金”，奖学金的初始爱心基金就是老人看病结余的 3 万余元，一分不落地全由白国富代为转捐给基金会。

2005 年 10 月 28 日，“白方礼博爱奖学金”正式设立，随即引起了各界反响。天津市红十字会热线电话不断，不少市民踊跃为该基金会捐款。仅天津市教育系统就汇入了 5 万元捐款，短短的时间，募捐款总额已达 30 万元。

天津的莘莘学子也以各种方式来纪念着白方礼：2005 年 12 月 5 日，北风凛冽、寒气逼人。天津工业大学西藏路校区操场却是一片热火朝天的景象。该校应用技术学院 2005 级会计专业的团员们自己动手，制作小饰品义卖，所得款项全部捐献给“白方礼博爱奖学金”。

“我们一起去上学——天津市大学生关爱西部行动”主题巡演首演在天津理工大学进行。在义演中，学生们特别怀念了支教模范白方礼。他们说：“白爷爷为上不起学的孩子们奉献了精力、收入还有无限的爱心，我们要用行动告慰老人，让爷爷知道，他支教的事业会有后来人。”

西部支教志愿者代表时旭、赵国慧曾在接受笔者采访时，动情地说：“白爷爷的事迹在我们大学生中非常有感召力，他在我们心中是一个伟大的形象。回到支教岗位后，我们一定用自己的知识好好教那里的孩子。”

天津市七十八中学还举办“车轮不息，丰碑永存，白方礼精神传承活动启动仪式”，同时成立“白方礼助学基金”，专门用于资助本校和部分外校的困难学生。

时任中国红十字会总会常务副会长江亦曼感动地说：“白方礼老

人不但感动着天津，也感动着我们每一个人，‘白方礼博爱奖学金’的设置是对人道、博爱、奉献精神的弘扬与传播。希望这一活动能够坚持开展下去。”

2006 年 5 月 8 日，“白方礼博爱奖学金”首批救助款 14.8 万元正式发放。天津市家境贫寒、品学兼优的 100 名大中专学生和 80 名中小学生分别领取了 1000 元和 600 元的奖学金。此次获得奖学金的 180 名特困学生是严格按照《白方礼博爱奖学金管理办法》中的申报条件、标准和程序，从天津市各级各类学校中层层选拔、推荐、公示，并经过各级教委、红十字会逐一审核确认的。主办方宣布：“白方礼博爱奖学金”将建立受助特困学生长效志愿服务机制，根据受助学生的所学专长，组织开展奉献活动，回报社会。

天津耀华中学与河北沧州白方礼小学结成爱心共建对子。(白国富 提供)

萌芽、开花，生命就是周而复始的传承过程。

天津，这座大爱之城，用她别致的方式，传承并延续着白方礼老人的爱心长征路。白方礼老人虽然远去了，但人们依然处处看到白方礼的足迹，仿佛他正休息在某处，时不时地用他灼灼的目光注视着这个世界。

天津市民感受着爱，更传递着爱。2011 年 11 月，天津耀华嘉诚国际中学学生会经过精心筹划，在校内开展了“义捐感恩、永驻爱心——

天津工业大学师生为白方礼扫墓。(李锦河 摄影)

天津小学生为白方礼雕像戴上鲜艳的红领巾。(李锦河 摄影)

牵手白方礼小学”校刊义卖捐助活动，得到全体耀华嘉诚学子及家长的积极响应。通过纪录片宣传，海报、横幅介绍白方礼老人事迹等活动，经过几天的努力，学生们共筹得捐款三千余元。学生家长们还捐赠了价值一万余元的电脑及复印机，学校负责人带着这份爱奔赴河北沧县白贾村，捐上了这份心意。希望孩子们能在更好的环境中接受教育，完成白方礼老人的心愿。

2015 年，白方礼老人辞世 10 周年了，但他在天津的影响力丝毫没有消减。这年的清明节期间，天津工业大学的近百名师生在憩园白方礼老人的纪念碑前举行追思会，立下继承白方礼老人无私奉献的崇高精神、真诚回报社会的誓言。白方礼当年资助过的耀华中学、红光中学、南开大学的贫困学生，他们中许多人考上了清华、北大的本科和研究生，走上工作岗位后皆卓有建树。饮水思源，在清明节期间，他们从全国各地赶到天津憩园，深切缅怀白方礼。

2015年8月，天津市艺术工作者张德录根据白方礼生平事迹，饱含热情地创作了天津快板《白方礼赞》，从天津市第八届家庭文化艺术节"家有好故事"征文大赛中脱颖而出，打动了评委和无数天津市民。随着文化艺术节组委会专门制作的《白方礼赞》的播出，白方礼仿佛又回到了天津市民身边——

日出渤海映晨曦，海河两岸飞虹霓。
风景秀丽的天津站，有一位老人沐浴在霞光里。
只见他，头戴一顶旧草帽，在一辆三轮车上骑，
看上去年龄不算小，至少也得过古稀。
(那位说了)
是谁家的老人不在家里(头)睡懒觉，(却)跑到车站来赶早集？
唉！您不知底细可别瞎说，没有调查就瞎唧唧。
他本是，助学支教(的)老模范，名字就叫白方礼。
老人家，辛辛苦苦干客运，起早贪黑(地)蹬"三的"。
不是他没有退休金，更不是家中无儿女；
不是他喜欢找罪受，更不是他有(那)蹬车的癖。
只因为，他一心牵挂着贫困生，只想为他们尽点儿力；
只因为，他惦记家乡的辍学娃，能及早回到教室里。
白老汉，自幼贫寒没读过书，深知文盲的钝和愚。
他常说，人没文化是悲剧，悲剧可不能再延续。

为了多捐助学款，他披星戴月、头顶骄阳、风雨无阻、栉风又沐雨。

他凭着一腔助学情，靠的是三轮和双膝，

竟然蹬出了 35 万助学款，资助的学生 300 还有余。

老人家，为学生花钱很慷慨，却锱铢必较(地)对自己。

他经常，两个馒头一碗水，捡个烧饼也充饥；

他经常，捡来鞋袜继续穿，拾来的棉袄当御寒衣。

好心人曾经把他劝：你为嘛非跟自己过不去！

闻听此言他微微笑，朴拙的话语惊天地：

“如今我年纪一大把，吃饱穿暖就足矣，

我能多省一块钱，孩子们就能多买一个本或笔。

再说我老汉又没文化，不能为国再出啥力，

我捐助的学生可不同，(他们)懂科学、有能力，

将来成为国家栋梁也保不齐。”

为捐出更多支教款，让贫困的学子安心来学习，

一年三百六十五，天天蹬车不停息。

他曾经，伏天晕倒在三轮上，隆冬跌进(过)雪沟里；

他曾经，感冒发烧三十九，吞下药片还接着骑；

他曾经，因高龄低温尿失禁，棉裤里经常湿沥沥。

最难忘，已届“米寿”的老人家，自觉残烛燃尽光渐息，

他手捧一个旧饭盒，步履蹒跚(地)往前移。

在耀华中学停了步，将手中的饭盒往前递。

他随手打开饭盒盖，连声说着“对不起！”

“我干不动了，以后可能不能再捐了，这是我最后的一笔钱。”

这盒钱攒的可不容易，张张渗透着老人的心血与汗滴。

自从蹬不动三轮车，老人又改行看车把钱集。

终于集够了五百块，这才一分不少地捐出去。
看着老人羸弱的身体，看着满满的情和义，
在场的学生放悲声，在场的老师暗抽泣。
正可谓，春蚕到死丝方尽，蜡烛耗尽泪绝滴，
义举铭刻海河畔，善名留驻三津衢。
这就是，平民慈善家白方礼，助学支教歌一曲，
我眼含热泪赞乡贤，愿老人的义举永载史册里。
(渐慢)我眼含热泪赞乡贤，愿老人的义举永载史册里。

著名诗人臧克家在《有的人》这首诗中写道：有的人活着，他已经死了；有的人死了，他还活着！这句诗告诉我们生命不仅有长短之分，更有质的差别。白方礼，用破旧的三轮车踏出了中国人的善良与无私，用瘦弱的脊梁挑起了莘莘学子的希望，尽管已经去世多年，但他依然“活”在人们心中！

3

【白老历经沧桑的脸上刻下的是一道道深深的皱纹，我从那慈祥的眼睛里却看到了童真般的笑容和憨厚。】

2005年12月，只差极少的几票，白方礼老人没有入选央视的十大“感动中国”人物。这让人们非常遗憾，并因此成了老人的终生遗憾。一年之后，老人再一次被推荐参选“感动中国·2005年年度人物评选”，再一次用他平凡而博大的爱带给全中国感动，然而这一次，白方礼仍然没有当选。

两次推举，两次落选。白方礼却用他的豁达，用他宽广的胸襟笑看庭前花开花落，闲观天上云卷云舒，这是一种超然，超然于世，超然于心灵的净土和圣地！

阳光打在你的脸上，温暖留在我们心里。白方礼用一抹纯净的阳光看这个世界，到他临终，这抹阳光依然那么纯净。他爱这个国家，他爱这群蓬勃向上的青年学生。

总有一种力量让我们泪流满面，总有一种力量让我们抖擞精神，总有一种力量驱使我们不断寻求"正义、爱心、良知"。这种力量来自于你，来自于你们中间的每一个人。

白方礼老人20年的支教生涯难道不正是这样的一种力量吗？！

白方礼老人去世了，为了延续他的爱心，中国扶贫基金会开展了"扶贫中国行"活动，在全国再度掀起爱心风潮。宣传与弘扬白方礼老人的公益精神成为该行动计划的主旨之一，老人也因此成为爱心助学路上的一座丰碑！

对于"扶贫中国行"的文化内涵，主办方也从白方礼的身上找到很好的诠释和注脚："扶贫中国行是互动性的活动，需要体现人与人之间的平等、相互之间的沟通和交流。白大爷每当把资助金给到学生的时候，他自己高兴得不得了，很有快乐和幸福感。这也体现了帮助别人就是帮助自己的良性循环，这正是扶贫中国行一个新的内涵，而白大爷骑行过的三轮车就是呈现这个内涵的载体。我们因此希望它能够变成整个扶贫中国行的吉祥物，今后可能还会做很多三轮车的模型，作为社会各界参与扶贫中国行的纪念品，让他们看到这个模型，就想起白大爷的故事。"

扶贫中国行与白方礼实现了完美的对接，白方礼老人的三轮车不光成为扶贫中国行的吉祥物，更成为构建社会主义和谐社会的象征！

从老人去世后，很多机构都希望以老人的故事为素材拍部电影。

2007年，白方礼曾经的徒弟李佳伦终于将这一梦想变成了现实，他卖房卖车四处筹借，终于拍成了电影《白方礼》。这部影片力求以最真实的场景、人物、故事重现老人的支教人生。老人的三轮车、旧衣物、装钱的破饭盒、相伴多年的收音机都将在银幕上再现。在演员的选择上，李佳伦精挑细选，要求演员对老人的生活和事迹非常了解。

这部由李瑞环同志题写片名《白方礼》的影片讲述了这样一个故事：白方礼在蹬三轮车的过程中，拉到了一位刚刚考上天津某大学的甘肃贫困地区学生秦聪聪。当他了解到秦聪聪前往大学的目的，仅仅是为了在大学门口留个影，然后就去打工的想法时，毅然决定全力资助这个学生上完大学。为了筹集资金，一贯清贫、节俭的白方礼，在衣食住行上更加苛刻地要求自己，甚至不顾世俗的嘲笑和议论，不惜吃别人剩下的食物，穿最破旧的衣服，与此同时，以他捐资助学名义成立的“白方礼支教公司”打破常规，挤出了当月所有的收入。老人不得不主动挑战生理极限，往返160里蹬三轮车去武清县杨村送货，感动了狡黠的货主；儿子、儿媳为了替父亲分忧解愁，在副食品市场上只能望“肉”兴叹，勒紧了裤腰带；年仅9岁的孙女萍萍体谅爷爷的难处，一个人跑到夜总会门前拦客卖花，被人推倒在地，磕破了脸……在白方礼的感召下，捐资助学成为“支教公司”、家庭、左邻右舍、社会的统一行动。

在电影《白方礼》中扮演白方礼的老艺术家黄少泉先生

在老人的资助下，秦聪聪和许许多多被资助的大学生一样，不负老人的期望，不仅成长为一名“三好生”，而且主动放弃了在大城市工作的机

电影《麦积山的呼唤》海报

会和私企的高薪聘用,走进了奔赴农村贫困地区从事教育工作的志愿者行列。

李佳伦坦言,那个秦聪聪几乎就是他的翻版。《白方礼》在中央电视台电影频道播出后,许多观众流下了热泪。一位观众在央视官方网站留言道:“看了《白方礼》我心中感触良多,不一定我们每一个人都会成为传奇性人物, 但是我们每一个人都可以成为一个有意义的人,都可以活得很有意义。即使在我们生命将结束之时,我们可以拍着胸脯自豪地说,这个世界我来过,我没有白活,人生就该做有意义的事!”

影片收不回投资,但没有阻挡住李佳伦投身公益的热情,他常带着影片到学校、社区去免费放映。至今,《白方礼》已在京津冀等地上映了六百多场次,引来近百万人次观看。李佳伦说:“很多人因为电影了解了白方礼,让白方礼的精神得到传递,也通过白方礼了解了天津百姓的性格,了解并爱上了天津。”

2010年,李佳伦得到天津教育发展基金会、甘肃省天水市委宣传部的支持,共同投资拍摄《白方礼》的姊妹篇《麦积山的呼唤》。该剧以当年白方礼资助的南开大学学生毕业后回到乡村支教的故事为主线,讲述了天水籍贫困山区学子秦聪聪(原《白方礼》女主角)考上南开大学，因家庭困难无法入学，在乡亲们和支教老师的帮助下走进了校园，在白方礼老人的资助下刻苦学习，以优异成绩完成大学学业，为了感恩社会、回报家乡，毅然放弃了外企高薪聘请，回到家乡甘当一名乡村小学教师的故事。

时任甘肃省委书记、省人大常委会主任陆浩为《麦积山的呼唤》题写了片名。著名笑星李琦领衔主演，影片中，白方礼的扮演者仍为著名表演艺术家、75岁高龄的黄少泉，老人家虽然戏份不多，但起到了画龙点睛的作用。这部电影公映后好评如潮。

2014年9月，《麦积山的呼唤》获第十一届圣地亚哥国际儿童电影节“最佳教育片大奖”。2015年，李佳伦再执导筒，拍摄了以白方礼为主人公的第三部电影《幸福快车》。至此，李佳伦圆了他的心愿——电影《白方礼》三部曲全部拍竣上映。李佳伦所拍的《幸福快车》讲述“白方礼们”的故事，在白方礼精神的感召下，社会上涌现了数以千计的“白方礼”。“白方礼们”在各自领域用实际行动传承了老人的无私大爱，让白方礼精神走向永生。

4

【白西骞说，这些埋在孩子们心底的美好种子是白方礼老人留给家乡、留给后人的最大一笔财富。】

2008年11月12日，为了纪念白方礼老人，白方礼家乡的小学——白贾村小学正式更名为“白方礼小学”。白方礼小学位于白贾村村头，学校只有两排红砖平房，周围是成片的枣林，显得十分简洁。

白西骞，白方礼小学的时任校长，也是白方礼的忠实“粉丝”。在白方礼辞世后，他一直想在沧县开设白方礼纪念馆。为实现这个梦想，他先在白方礼小学内前排平房最右侧的教室专门成立了一个“白方礼纪念室”，里面收集、展示了许多老人生前使用的物品。

白方礼纪念室设置在一间普通的教室内。这个小小的纪念室通过

白方礼小学内的白方礼纪念室（白国富 提供）

白方礼的遗物展

收集、展示老人生前穿的衣物、用过的东西和媒体的大量报道来铭记老人的事迹。纪念室墙上挂着老人的图片,沿着墙摆着三排桌子,上面是关于老人事迹的报道。纪念室中间位置用桌子“拼”出了一个台子,摆放着老人的遗物,包括老人之子白国富捐赠的老人的大衣、鞋子、帽子,老人修车的工具及老人珍爱的收音机,还有老人生前资助的孩子们送给他的部分礼物。阳光透过方块玻璃窗斜射进房间,照在白方礼生前的遗物和红色奖章上,灰尘在阳光中清晰地跳跃,一圈的黄色课桌蒙着红色的废旧条幅,上面摆满了各地报纸对白方礼的报道。这些实物,成为教育孩子们最好的鲜活教材。

白方礼生前,家乡的这所小学是第一个接受老人捐款的学校,老人在捐赠了第一笔 5000 元巨款后,后来又陆续捐了 15000 元,这些钱全存在当地信用社“白方礼教育基金”的专用账户,用利息来表彰白方礼小学品学兼优的孩子,直到现在,这笔钱仍在发挥作用。

在“白方礼教育基金”的感召下,沧县各界近年来捐资助教款项累计达到 2100 万元,先后成立了树柏教育基金、金新教育基金、冀春基金、薛官屯乡教育基金、刘家庙乡基金、徐吉庆基金等助教基金。

除此之外,白方礼小学这些年来一直重视学生的感恩教育,学校专门组织了“日行一善,月捐一元”活动,虽说从点滴入手,却追求“坚持长久”,还进行“爱心小天使”的评选。在学校里,有一句话挂在教室里并印在奖给优秀学生的笔记本的扉页上,那就是“帮助别人,快乐自己”。白西骞说,这些埋在孩子们心底的美好种子是白方礼老人留给家乡、留给后人的最大一笔财富。

2012 年 2 月 3 日,白方礼小学的师生因为白方礼而走上了中央电视台演播大厅。在 2011 年度《感动中国》颁奖晚会上,他们面向全国亿万观众,当白方礼老人的身影出现在大屏幕时,他的故事和他的三轮车再次让人们流下了感动的热泪。

白方礼小学内矗立的"捐资助教育英才"纪念碑。(徐向林 摄影)

白方礼小学的30名小学生,推着白方礼老人的三轮车走上舞台中央,送出了手捧的鲜花,打动着在场的每一位观众。尽管孩子们都没有见到过白方礼老人,但白方礼小学的每个孩子都熟知白爷爷的故事。对于他们来说,给白爷爷献花便是给所有的"白方礼们"献花。

颁奖盛典中,白方礼老人得到了节目组的"特别致敬"。主持人白岩松和敬一丹说:在过去的岁月当中,像白方礼老人这样的人太多太多了,白方礼这样的故事还在延续,而这样的好人就在我们的身边。在《感动中国》走过10年的时候,请接受我们的特别敬意——白方礼们。这也成为《感动中国》10年的历史中唯一没有颁奖词的表彰。

白雪芝是推着白爷爷的三轮车走上央视《感动中国》颁奖舞台的孩子之一。她在白方礼小学读书时,因为品学兼优,她每年都能收到白方礼基金会颁发的奖品——笔和笔记本,笔记本的扉页上总会盖着一个圆圆的红色印章,上面有八个字:"帮助别人,快乐自己"。这充满温情的话语,烙印在白雪芝这些孩子们的心灵深处,等待着开花结果的那一天。

辞世多年的白方礼获得"感动中国特别奖",消息传开,尽管是迟到的奖项,但仍让所有关注白方礼的人们感到欣慰,人们迅速行动,再次掀起学习白方礼精神的热潮。在百度“白方礼”贴吧上，网友们纷纷表达对白方礼老人的怀念和敬意：

“白爷爷辛苦了！愿您在天国能看到孩子们的笑容！”

“白爷爷的三轮车出来了，我眼里闪着泪花。”

“如果泉下有知，老人安息吧，你为孩子们付出的太多太多了。”

“家有一老，如有一宝。国有一老，华夏共敬……向白爷爷致敬！白爷爷永远活在我们心中！”

…………

天津社科院专家郝麦收曾这样总结白方礼的精神：“我认为首先是他的奉献精神，把自己的一切血汗都献给了教育事业；其次是坚持精神，十五六年如一日，没有什么能够阻挡他；第三是大爱精神，他并不是不爱自己的子女，他爱所有的人，爱所有的学生，这种爱是一种博爱。”

中共河北沧县县委、县政府下发了学习白方礼先进事迹、弘扬白方礼精神的通知。通知中回顾了白方礼老人感天动地的动人事迹后说，从白方礼身上所体现出来的心系教育、无私奉献、造福社会的“白方礼精神”弥足珍贵，为我们树立了光辉的榜样。通知要求沧县各级各部门要采取灵活多样、切实有效的形式，广泛开展学习宣传白方礼老人的先进事迹，迅速掀起弘扬“白方礼精神”的热潮。

同时，中共沧县县委、县政府还做出决定，将白方礼老人的名字刻入设在中共沧县县委大院内的“功德碑”上，让世代铭记和传承，以他名字命名的“白方礼助学基金”带动了全县多个助学公益项目。

白方礼老人虽然辞世，但他的名字依然被人们提起。有人为他拍电影、有人为他筹建纪念馆、有人发微博纪念他……在百度上搜索“白方礼”，可以找到四十多万条相关的信息。在微博、微信方兴未艾的自媒体时代，每年清明节、教师节、白方礼老人诞辰日、去世忌日，自媒体

河北省沧县大官厅乡为白方礼老人树立的爱心支教纪念碑。(徐向林 摄影)

总会被白方礼的图文“刷屏”。人民日报、央视等主流媒体的官方微博,在特殊的纪念日推送怀念白方礼的官方微博已成惯例。2015 年 9 月 23 日,白方礼老人去世 10 周年。人民日报发布官方微博:

【今天,你是否还记得他?】74 岁,他蹬三轮赚钱,捐给贫困生,近 20 年,35 万,“有白爷爷一天在蹬三轮,就有娃儿上学的钱……”一个冬天,他拿出饭盒里 500 元钱递给老师:“我干不动了,以后可能不能再捐了……”2005 年的今天,92 岁(虚岁 93 岁,笔者注)的白方礼去世。此刻,转发微博,对白爷爷说声:您的善行,我们不会忘!

该条微博得到300多万网友的点击,转发3139条、点赞6680条、网友跟帖评论734条:

有为青年美丽天空:善良的老人,用自己一点一滴默默无闻的行动,向年轻的我们传递着正能量。

吃个芒果压压惊:每一次见他,就觉得世间真美好。

创新E警:您的善行,永远的正能量!

平安德清铁路:高中时听到他的事迹,已经去世10年了。他的事迹不会忘,类似精神仍在身边能看到。

小峰—峰外楼:当年老人去世,新闻播出的时候,我的眼泪就立刻流了下来。大善,白方礼老人!

凡以趣味为始终:社会最底层的一位高龄老人,长年累月依靠蹬车资助了贫困学生35万巨款,自己却馍水果腹,捡衣遮体,做着最单纯、最实际的事,带给世间有良知的人们痛彻骨髓的感动!

我爱吃白菜炖粉条子:谢谢您的爱,让我们铭记一生。

湖南工大青志联外联部:还记得那些年老师组织全班同学一起看感动中国人物,当时就对白爷爷印象深刻,那些不管多少年前带来的感动不会因为这个人存在与否而减少或消失,白爷爷一路走好,您播下的种子一定会花开遍地!

祥信社会工作服务中心:很多年前看到报道的时候已经很震撼,其实想做善事永远都不算迟,日行一善,知易行难,就先从身边小事做起。

孟小小兵:十年弹指一挥间,尽管你已不在,白方礼精神却长久留存下来……

2016年6月17日,人民日报官方微博连发两条纪念白方礼的图文——

《今天,缅怀白方礼老人》:74岁高龄的他决定蹬三轮车资助贫困生,一蹬近二十年。35万元,他圆了三百多个孩子的上学梦。那个冬天，他到天津耀华中学，递上饭盒里的500元：“我干不动了，以后可能不能再捐了，这是我最后一笔钱。”老师们都哭了。今天是白方礼老人103岁诞辰，善良无私的老人，在天堂还好吗？

《这位老人的故事，每看一次都会泪流满面》：19年，35万元，他靠蹬三轮车，圆了三百多个贫困孩子的上学梦。他说：“不吃不喝我也得去支教。”今天是他103岁诞辰。一段视频，重温感动。

这两条微博超过六万次点赞、网友评论达4528条。有网友留言：“人民日报每年都坚持纪念，这个赞既送给白方礼，也送给人民日报。”

白方礼的助学精神，通过网络传播，被越来越多的人所了解，这位无私的老人，不仅感动了老年人、中年人，更成为众多80后、90后年轻人心中的偶像！

5

【大恩不言谢，老人对我们付出的爱，用什么语言也表达不了，可我们还是要说声谢谢，希望老人在天堂里能听得到。】

有人说，白方礼是旗帜。旗帜的意义在于使人跟随。

家住天津市河西区双山里的居民贾吉英是位普通的出租车司机，下岗后自谋职业开起了出租车。在白方礼患病期间，她几经周折打听到地址前去看望。见到老人后，她深深为老人质朴无华的情怀和毫无私利的公益精神所感动，从此暗下决心向白方礼学习，为社会多做好事。一次，她从报纸上看到一名儿童被热水烫伤家里缺钱看病的新闻后，当天就开车到儿童医院给孩子捐了100元钱。后来她还为多名家庭生活困难的儿童捐款，还开车带他们游览津城。贾吉英说，是白大爷

天津大学师生发起"支教无言，奉献无声，缅怀方礼"清明扫墓活动。（李锦河 摄影）

教会了我如何做人，现在我觉得自己活得特别有滋味。

民营企业家、河北区针织厂厂长关志成，也是受到白方礼的感召投入公益事业上来的。他说，白方礼老人一生节俭，为教育拼尽血汗，是大家学习的榜样，特别是私企老板学习的榜样。作为一个老板，有了钱，绝不能贪图享乐和铺张浪费，应该追求高尚的快乐。现在许多人开公司、办企业，只是为了赚钱，有了钱就奔房子、车子，虽然钱很多，但在白方礼这种精神的比照下，却显得十分可怜和渺小。

关志成以白方礼为榜样，也开始了热心助学的行动。为让河北区贫困生在新学期中学习无忧，他为 9 名贫困生资助了 13000 元，还为他们买了书。同时，他连续多年向区图书馆捐赠了价值数万元的购书经费。关志成夫妇对厂里的 300 位打工妹充满了爱心，不仅手把手地教她们干活，还请她们逛金街、看比赛、吃麦当劳，甚至包飞机请她们外出旅游开眼界，还像嫁闺女一样给打工妹办喜事。

河北区盐坨东社区残疾人宫英杰，曾一度失去了生活的信心，是白方礼的事迹深深感动了他，他决心以白方礼为榜样，用实际行动回报曾经帮助、关心过他的人，他给自己定了十六字的服务理念："抱着

天津大学英语学院举行“白方礼”博爱助学基金募捐仪式。

一颗感恩的心，回报社会，奉献社会。”从那以后，他特意在他的三轮车前方挂了一块牌子，上面写着“英杰热线爱心服务”，并将他家的电话号码写在牌子上，只要需要帮助的老年人来个电话，宫英杰就会骑上三轮车，送老人去买菜、理发。

有人说，白方礼是播种机。他播下的种子，已经生根、发芽、开花、结果。

曾就读于南开大学的马壮，在耀华中学学习阶段，曾接受过白方礼助学基金的资助。他告诉笔者，在耀华中学上学的时候，他总能定期收到资助款，可就是从来没有见过资助人，后来他了解到一直资助他、帮助他完成学业的竟是一位年岁很大的蹬三轮车的老人，心里特别感动，要把他当作亲爷爷来看待。“如果没有白爷爷当年的资助，我可能终生与大学无缘，是白爷爷让我敢于憧憬未来，让我的前途充满光明。”

天津大学的博士后李小霞说：“大恩不言谢，老人对我们付出的爱，用什么语言也表达不了，可我们还是要说声谢谢，希望老人在天堂里能听得到。”

白方礼曾为红光中学捐赠助学款近5万元,资助了不少的藏族学生,如今很多学生都已毕业,成为建设新西藏的骨干。曾在红光中学就读的西藏学生元丁洛珠说,白爷爷把蹬三轮车赚来的钱全部捐给我们贫困生,这是多么好的老人。凡是受过白爷爷资助的西藏学生,返回家乡后都会向家人和乡亲述说白爷爷的事迹,人们听后无不感动,白爷爷的故事会继续在西藏传扬。

在甘肃省定西市安定区常川小学的课堂上,讲述白方礼的支教故事已成为该校教师薛佳佳的"必上科目"。薛佳佳是个地道的天津姑娘,10岁那年,正读小学三年级的薛佳佳参加了天津市组织的助残联谊会。会上,担任小主持人的薛佳佳第一次知道了"白方礼"这个名字,当她拿起话筒,讲起白爷爷的支教故事时,她自己感动得几乎泣不成声。会后,她获得"白方礼奖学金",从此,白方礼的名字和故事就深深地铭刻在她的心间。2015年7月,薛佳佳从天津师范大学毕业后,毅然选择前往甘肃定西农村支教,在建于半山腰上的常川小学担任三年级语文和音乐老师。她经常给孩子们讲述白方礼的支教故事。她说:"白爷爷已经成为一种精神象征,我相信在白爷爷的感召下,会有越来越多的人成为他的追随者。"

有人说,白方礼已成为一种符号。这个符号代表善良、无私、克己、利他。

白方礼老人在天津骑三轮资助大学生的义举,感动了全国,一个白方礼倒下了,更多的"白方礼"站了起来:河北省邯郸市临漳县农民李宝玉靠蹬三轮车卖煤块儿谋生,多年来,他将省吃俭用节省下来的钱用于资助家乡的教育事业,被誉为邯郸的"白方礼"。

李宝玉回忆说,他上小学5年级的时候,因为家里掏不起40元的书本费,老师和同学们你一块我五毛攒钱,帮他渡过了难关,他一直心存感恩。2008年,他听说白方礼的事迹后,深受感动,他曾在日记中写

白方礼励志助学金海报

道:“如果不尊师重教,不出人才，即使村子里楼房盖得再高,小汽车再多,也成不了真正的文明村。”于是，手头有点儿积蓄的他开始琢磨着要为家乡的教育事业做点儿事。

当年春节期间，他就找到读书时的班主任老师武新，掏出5000元钱,希望定期为母校献上一片爱心。对于一个在外打工的农民来说，这些钱可不是一个小数目，学校领导经过慎重考虑，决定只接受2000元。自此以后,李宝玉每年教师节或春节都会向学校捐款,放下钱就匆匆离去。他的爱心资助金由学校专人负责,主要为成绩优秀的三好学生购买书包、笔、字典等学习用品。

湖南大学一位不愿透露姓名的校友,在母校出资设立了“白方礼励志助学金”,该助学金从2008年启动,这位校友每年都会捐款10万元,先后资助了一百多名或身体有残疾,或身患重大疾病,或家庭发生重大变故,却能保持良好心态、乐观生活、刻苦学习的优秀学生。

据了解，这位湖南大学的神秘校友2007年在网上看到关于白方礼老人的报道,联想到自己上学时的经历,对白方礼老人非常钦佩,毅然决定在母校设立助学金,并将其命名为“白方礼励志助学金”。

江苏盐城市有一位名叫张忠泉的老人，他以白方礼为榜样积德行善，由于收入不高，他就以捡破烂来攒钱，将积攒下的钱捐给学校、福利院、慈善机构。2013 年 4 月 29 日，86 岁的张忠泉老人意外摔倒，被送到医院后因哮喘发作，不幸辞世。而就在他辞世前一个月，张忠泉将他攒下的 10 万元存款全部捐出去，人们在办理老人后事时，竟发现一生行善无数的老人连一件像样的衣服都没有。如今，厚德向善已成为盐城的城市底色，该市建有“好人馆”，全市当选为省级好人、中国好人的人数已近百人。

江苏印天下电子商务有限公司董事长崔爱均一直关注着有关白方礼老人的报道，他着力做一个白方礼精神的传承者。汶川大地震、西南干旱、玉树地震等自然灾害发生后，他总是积极带头发动全公司员工赈灾募捐。

一滴水，能折射出整个太阳的光辉；一件小事，能体现一个人的高尚情怀。从农民家庭走出来的崔爱均对农村总有一份割舍不断的感情，

湖南师范大学部分学子获得白方礼助学金。（湖南师大 提供）

多年来，他一直为家乡的建设默默贡献着：家乡架桥铺路，他积极捐款；家乡的学校和敬老院，只要回家，他都要带着礼品前去慰问探望。

作为一名有社会责任感的民营企业家，崔爱均还根据工作岗位需要，安排了数名残疾职工上岗就业，不仅让他们有了一份稳定的收入，还为他们购买了社会养老保险、医疗保险，解决了他们的后顾之忧。

“人们对白方礼老人的念念不忘，不仅是对公益精神的薪火传承，更是对中国孝道文化的深度嵌入。”崔爱均把传承白方礼精神与弘扬孝道文化结合起来，他在公司设立了一个特别奖项——孝心奖，要求员工每个月都必须回去探视父母，公司报销往返路费，并特批尽孝假期。另外员工回家时，公司发放200元尽孝金。他说：“在公司里，谁不孝敬父母，就不算合格的员工。”

也许在有些人看来，白方礼太傻也太过了。在当今中国的大城市，一个有稳定退休金的老人，不在家安享晚年也就罢了，看谁可怜帮上一把也就罢了，何必要过捡别人衣服穿的生活，何必把自己蹬三轮挣来的苦力钱全部捐出去呢？

可白方礼从来不管别人怎么想、怎么说，他就要照自己的方式生活。或许正是他极端清贫朴素的生活，与他捐出的35万善款形成了巨大的反差，才使我们麻木的神经受到触动；或许正是他老迈的九旬之躯，与三百学子灿烂的笑脸形成了鲜明的对比，才使我们漠然的心湖荡起了波澜！无论如何，这一次我们真的被感动了。

在我们心中，白方礼老人捐出的35万元，远胜过比尔·盖茨捐出的多少亿巨款，尽管我们对后者也很钦佩。由白方礼，我们知道了什么叫“拳拳之心”，什么叫“积小善成大善”，什么叫“大爱无言”。我们还明白了一个道理，无论你从事的职业多么卑微，只要你竭尽全力去爱、去奉献，你都会变得高贵，受人爱戴。

过往的岁月是凝固记忆的水，一点一滴地融化，然后慢慢地汇聚成溪，成河，成海。其实，我们都是光阴中喘息奔跑的人，却终究追不过时光，直至渐渐老去，消失在生命的海洋中，也许这样才能得到永生！

逝者之所以令人怀念，在于他生前为别人做了什么，给后世留了什么，生命的意义就是如此简单。

是的，我们应该记住，在我们的国家，在天津的一个角落里，曾有这么善良的一位老人，用大爱精神感动着中国。

让我们记住这位平凡而高贵的老人！

后记

永恒的公益精神，永远的梦想坚守

习近平总书记在阐述中国梦时指出：每个人都有理想和追求，都有自己的梦想。实现中华民族伟大复兴，就是中华民族近代以来最伟大的梦想。

这个梦想，需要一代又一代中国人共同为之努力。

十多年来，我曾经追踪采访了全国三百多位追梦人的故事。白方礼是其中之一，也是让我最为感动的一个追梦人。

白方礼老人，74 岁走上助学支教之路，他蹬着三轮车，从一分一角攒起，蹬车 18 年，积攒了 35 万元巨款，资助了三百多位贫困学子，使他们完成学业，其中不少成为北大、清华的骄子，成为社会的精英。

当初，老人蹬车时，曾有人劝阻："蹬车能挣几个钱啊？你这是自找苦吃。"老人却笑笑："蹬一天车，挣不了多少，但足够一个娃儿几天的生活费。"正是他的坚持，他无憾地实现了他的个人支教梦。

2006 年，在白方礼老人去世一周年之际，我应中国扶贫基金会之邀，追踪采访白方礼的生平事迹，写出了长篇报告文学《白方礼，一个人的爱心长征》,可由于多种原因,这部书稿未能公开出版。

也许,没有坚持,这个梦想就夭折了。每当我困顿、焦躁、迷茫时,总会不由自主地想起白方礼老人。他的坚持,成为一盏明亮的路灯,指引着我沿着设定的追梦之路,一往无前、义无反顾。

这10年来,我从未放弃出版这部书稿的坚持,我一直在关注着人们传承、弘扬白方礼无私支教精神的后续报道,不断充实完善书稿:网友们的力挺,让老人在辞世多年后终获"央视感动中国特别奖";著名画家杨林川给老人画了一幅油画,题名为"中国首善",尽管这个称号被许多人争抢,但网友们的意见几乎一边倒——只有白大爷,最配"中国首善"之誉……

网友们知道,白大爷去了静谧的天堂,再多的荣誉对他而言已无任何实际意义。其实,所有关注白大爷的人们,都不希望这位善良的老人被尘世所淡忘,念念不忘,必有回想。人们用这种方式,寄希望于白大爷的精神永远传承下去,永远会伴随着社会车轮的前行,传递着向上向善的力量。

2015年9月,老人去世10周年之际,经过十年磨一剑,我觉得出版这部书稿的时机成熟了,我发起了书稿出版的网络众筹,让我感动的是,许多人至今没有忘记白方礼老人,众筹活动得到了许多熟悉和陌生网友的支持。让我欣慰的是,白方礼精神的发源地天津主动接纳了这部书稿,主动让书稿"回家"。百花文艺出版社将这部书稿纳入了图书的出版计划。而且,经过出版社积极申报,书稿还入选2016年主题出版目录。在此,作者谨向百花文艺出版社真诚致谢!

本书回顾了老人的一生,在完稿时难免会想说一句许多人耳熟能详的诗句:"春蚕到死丝方尽,蜡炬成灰泪始干。"可能,这句快用烂了的诗句再用在老人身上,未免有落入俗套之嫌,但除此而外,相喻已无言。因为在白大爷的精神烛照之下,任何语言的形容都显得苍白无力。

白方礼老人已经辞世11周年。11年，在时光的河流中，只是极其短暂的一朵小小浪花，但在人生中，却又是一个漫长的岁月。可喜的是，白方礼精神经过岁月的洗礼，不仅没有任何褪色，反而越发锃亮，而且白方礼精神仍会永远继承下去，并会不断发扬光大。这是白方礼之幸，这是天津之幸，这是全国13亿人民之幸！

在此书出版之际，我要向所有爱心梦想不灭的人们，致以最真诚的谢意！

因作者能力所限，此书中难免有遗珠漏玉之憾，恳请读者朋友们批评指正。

作者

2016年1月2日

附录
白方礼经典语录

“我嘛都没干，又让上面重视了。”

——生病中的白方礼，对前来看望的市领导说

“我是老劳模，就得多为国家做点儿事，多做点儿贡献……”

——白方礼受邀到一个单位演讲，对台下的观众说

“我没文化，又年岁大了，嘛事干不了了，可蹬三轮车还成。想想那些缺钱的孩子，我坐不住啊！我天天出车，一天总还能挣回二三十块。别小看这二三十块钱，可以供十来个苦孩子一天的饭钱呢！孩子们有了钱就可以安心上课了，一想到这我就越蹬越有劲……”

——接受采访时，白方礼对记者说

“我要把以前蹬三轮车攒下的5000块钱全部交给老家办教育。这事你们是赞成还是反对都一样，我主意定了，谁也别插杠了！”

——打定支教的主意，白方礼对儿女们说

“我这样一大把年岁的人，又不识字，没啥能耐可以为国家做贡献了，可我捐助的大学生就不一样了，他们有文化、懂科学，说不定以后出几个人才，那对国家贡献多大！”

——送捐款时，白方礼对南开大学老师说

“这有嘛苦？这馍是农民兄弟用一滴一滴汗换来的，人家扔了，我把它拾起来吃了，不少浪费些么！”

——捡人家扔了的馒头吃，白方礼对围观者说

“我挺好的，谢谢大伙儿惦着，等我出院了，还要支教去！”

——市民们来看望病中的白方礼时他对关心他的人说

“你们花白爷爷一个卖大苦力的人的钱确实不容易，我是一脚一脚蹬出来的呀，可你们只要好好学习，朝好的方向走，就不要为钱发愁，有我白爷爷一天在蹬三轮，就有你们娃儿上学念书和吃饭的钱。”

——面对受助的学生，白方礼给他们打气说